KB183287

유리병 속의 기억들

유리병 속의
기억들

이다온 수필집

연암서가

이다온

경주에서 태어났다. 울산대학교 일반대학원에서 한국사·한국문화학과 박사과정을 밟고 있다.

2018년 『머니투데이』 직장인 신춘문예 수필부문, 2021년 『전북일보』 신춘문예 수필부문에 당선되어 등단하였다.

2021년 산문집 『달순이를 위한 변명』을 출간하였고, 2022년 『The 수필: 2022 빛나는 수필가 60』에 선정되었다.

2023년부터 『울산신문』에 칼럼을 연재하고 있으며, 울산문인협회 회원, 시거리문학회 회원으로 활동하고 있다.

유리병 속의 기억들

2024년 11월 20일 초판 1쇄 인쇄
2024년 11월 25일 초판 1쇄 발행

지은이 | 이다온
펴낸이 | 권오상
펴낸곳 | 연암서가

등록 | 2007년 10월 8일(제396-2007-00107호)
주소 | 경기도 고양시 일산서구 호수로 896, 402-1101
전화 | 031-907-3010
팩스 | 031-912-3012
이메일 | yeonamseoga@naver.com

ISBN 979-11-6087-132-6 03810
값 15,000원

이 책은 울산광역시, 울산문화관광재단
'2024년 예술창작활동 지원사업'의 지원을 받아 발간되었습니다.

키다리 아저씨에게 자신의
소소한 일상을 편지로 보낸 주디처럼,
삶에게
내 사소한 생각들을 적어 보냈습니다.

때론 고요하게
어떨 땐 형용할 수 없는 마음으로.

문득, 펼쳐놓으니
한 권의 지극한 시간이 되었습니다.

2024년 가을
이다온

차례

제1부

달을 품은 내가
어느새 달항아리가 된다.
따뜻한 달무리가
빈 가슴을 둥글게 감싼다.

달항아리

　진열대 위로 둥실 달이 떠오른다. 은은한 불빛이 바다에 고인다. 조명을 받은 항아리는 방금 목욕하고 나온 아낙네 같다. 천의무봉의 살결이 백옥처럼 희다. 아무런 무늬가 없는데도 마음이 고요하고 편안해진다. 자세히 보면 달항아리는 좌우 균형이 맞지 않는 비대칭이다. 보름달이 약간의 기울기를 가진 것처럼.

　가슴이 사라졌다. 마취에서 깨어나자마자 왼쪽 가슴을 확인했다. 불룩하게 솟아있던 자리가 분화구처럼 푹 꺼져 있었다. 움푹 팬 곳에 낯선 어둠이 만져졌다. 선홍색 칼자국을 애써 가리고 있는 두꺼운 밴드를 보자 와락, 울음이 밀려왔다. 재빨리 환자복을 내려 걷잡을 수 없는 슬픔을 덮었다.

이태 전이었다. 부산스럽게 외출 준비를 하고 있을 때 왼쪽 가슴에 심하게 통증이 느껴졌다. 급하게 달려간 병원에서 청천벽력 같은 소릴 들었다. 의사는 조용한 음성으로 말했지만 내 귀에는 더 이상 아무것도 들려오지 않았다. 벚꽃이 만발했던 어느 봄날, 그렇게 암은 내게로 왔다. 아무 예고도 없이.

임파선으로 퍼진 암 덩어리 크기를 작게 하고 나서야 수술을 할 수 있었다. 크기를 줄이기 위해선 먼저 여덟 차례의 항암치료를 해야 했다. 1차 치료를 받기 위해 수술실 안쪽의 긴 복도를 따라갔다. 암 환자를 위해 마련된 별도의 공간은 미로처럼 복잡했다. 일반인의 출입이 철저하게 통제되는 곳이었다. 민둥산처럼 머리를 깎은 환자들이 침대마다 누워 있었다. 선뜻 들어가지 못했다. 내가 왜 이 자리에 서 있어야 하는지 실감나지 않았다. 이건 꿈이라고, 잠깐 잠 속으로 들어온 것이라고 애써 위로했지만 현실은 결코 꿈이 되지 않았다.

남편은 자상했고 시부모를 모시는 맏며느리였지만 고부

간에 큰 갈등은 없었다. 어머님은 집안일에 서툰 나를 딸처럼 대해 주었다. 결혼한 지 이십 년이 다 되어가도록 가끔씩 동서들과의 갈등이나 속상한 일이 더러 있었지만, 크게 상심하거나 어려운 일은 겪지 않았다. 아이 둘도 잘 자라주었고 행복한 나날이었다. 그런 내게 신은 암이라는 시련을 툭! 던져주었다. 단 한마디 말도 없이. 돌멩이 던지듯 무심하게.

생년월일을 확인하고 이름이 불렸다. 간호사는 친절하게 몇 개의 액체가 들어 있는 비닐봉지를 보여주면서 의례적인 설명을 했다. 숨소리가 거칠어졌고 두려움이 엄습해왔다. 이렇게 세상이 끝나는 건 아닐까? 다시 병실 밖으로 나갈 수는 있을까? 도대체 이곳에서 얼마나 많은 사람들이 임종을 맞았던 것일까? 항암제가 잘 스며들 수 있도록 길을 만들어 준다는 조영제가 몸속으로 들어오자 전기에 감전된 것처럼 전율이 흘렀다. 얼마간의 시간이 지나고 자줏빛 종이상자 안에 있던 항암제가 천천히 내 안으로 들어왔다. 까무룩 잠 속으로 빠져들고 말았다.

열흘 정도가 지나갔다. 머리카락을 쓸어 올릴 때마다 한 움큼 검은 시체들이 손아귀에 쥐어졌다. 숭덩숭덩 빠지는 머리카락은 책상 위며 화장대, 거실 탁자에 어지럽게 널려 있었다. 어떻게든 살아보겠다는 삶의 의지마저도 한 움큼씩 빠져나갔다. 항암치료는 마흔 살의 나이에 생리를 멈추게 했고 모든 일상의 시간들을 정지시켰으며 까마득한 벼랑 끝에 나를 세워 놓았다.

치료를 시작한 지 반년이 지날 즈음 왼쪽 유방 절개 수술을 했다. 임파선을 제거한 팔은 조금만 무리해도 붓고 아팠다. 나이가 젊을수록 예후가 좋지 않을 수 있다고 의사가 말했다. 삶의 의지와 죽음의 두려움이 씨줄과 날줄처럼 교차했다. 때론 침대 난간에 머리를 쥐어박으며 죽고 싶다며 야단을 피웠고, 어떤 날엔 머릿속이 하얗게 비워져 시체처럼 누워 있었다. 다섯 개가 넘는 피 주머니가 흔들릴 때마다 통증은 시시때때로 찾아왔다. 하루에도 몇 번씩 정신을 놓아 버렸다.

불행은 먼 나라의 것이라 생각했다. 이따금 들려오는 남의 고난은 그냥 타인의 일일 뿐이었다. 어느 나라에선 지진이 일어났다 하고, 또 다른 곳에서는 기아가 넘쳐난다고 해도 관심 밖이었다. 쇼핑을 하고, 몸매를 가꾸고, 먼 곳으로 여행을 하고, 달콤한 일상이 언제까지나 지속될 거라 믿었나. 가끔씩 현기증 같은 게 찾아왔지만 그건 내가 너무 행복해서 느껴지는 감정 같은 거라고 가볍게 넘겨버렸다. 불행의 씨앗이 조금씩 내 몸에 똬리를 틀기 시작하는 것도 모르고.

아마조네스는 여자들만으로 이루어진 군대이다. 그리스와의 전쟁에서 트로이를 구출하기 위해 만들어진 강력한 특수부대였다. 아마조네스의 '아'는 '없다'는 뜻이며 '조네스'는 '유방'이라는 뜻이다. 즉, 유방이 없다는 것이다. 여자들로 구성된 이들 부족은 활을 쏘는 데 오른쪽 유방이 불편했기 때문에 그것을 미련 없이 제거했다. 조국이라는 더 큰 가치를 위해 여자로서의 아름다움을 당당하게 버린 것이다.

어쩌면 나의 전생은 아마조네스인지 모르겠다. 가슴에 활시위를 대고 적의 심장을 바라보던. 그래서 한쪽 가슴을 도려내야 했는지도. 행복에는 반드시 대가가 따르기 마련인 걸까. 암은 무의미한 일상에 함몰된 내게 삶을 향해 제대로 활시위를 당기라며 가슴을 도려내게 했는지도 모를 일이다. 파르르 떨리는 그 활이 너무 무겁고 감당하기 벅차긴 하지만.

달항아리는 조선 후기에 유행했던 도자기다. 둥글고 커

다란 모습이 달덩어리 같다고 해서 붙여진 이름이다. 높이가 사오십 센티미터에 달하는 커다란 항아리를 제작하려면 흙으로 윗부분과 아랫부분을 따로 만든 뒤에 서로 이어붙여야 했다. 그래서 접합 부위가 약간 뒤틀린 모양이 되었다. 하지만 도공들은 이것을 칼로 깎아 내거나 매끈하게 다듬지 않았다. 인위적인 힘을 가해서 정교하고 둥글게 만들수도 있었겠지만 비대칭인 상태 그대로 둔 것이다.

수술 결과는 좋았다. 더 이상 항암치료를 받지 않아도 된다는 진단이 내려졌다. 몇 번의 작은 수술과 치료가 있었지만 처음의 두려움은 조금씩 사라졌다. 벼랑 끝에서 아스라하게 버텼던 지난날의 흔적은 가족들의 관심으로 조금씩 치유되어 갔다.

전시대 위로 떠오른 달을 쳐다본다. 어린 시절 초가지붕 위의 박처럼 푸근하다. 문득 항아리 속의 달이 내 안으로 파고든다. 가슴이 사라진 자리에 밀물처럼 고요하게 달이 들어찬다. 보름달이면서 비대칭인, 한쪽이 약간 기울어져 슬픈 달, 그러나 어떤 대칭의 사물보다도 완벽한 구형이다. 달을 품은 내가 어느새 달항아리가 된다. 따뜻한 달무리가 빈 가슴을 둥글게 감싼다.

드무

　명정전 난간 끝에 다소곳이 드무가 앉아 있다. 쪽진 머리의 여인네 같다. 은은한 모습에 이끌려 나도 모르게 다가간다. 세월에 녹슨 항아리 안으로 새털구름이 흩어졌다 모인다. 추녀 끝 풍경소리가 수면 위에 찰랑인다. 바람이 그리는 물수제비가 맴돌이처럼 파르라니 떨린다.

　드무는 물을 담아 놓는 솥 모양의 용기다. 중국에서는 길상항吉祥缸이라 부른다. 궁궐을 화재로부터 막아주는 길하고 상서로운 항아리라는 뜻이다. 궁궐 몇 곳에 두어 사람들이 항아리에 담긴 물을 보며 화재에 대한 경각심을 가지게 했다. 드무에 물을 담아 두면 관악산 불귀신이 궁궐로 접근해 오다 수면에 비친 자신의 모습을 보고 놀라 달아난다는 속설도 전해지고 있다.

할머니는 새벽보다 먼저 일어났다. 면경을 앞에 두고 긴 머리를 참빗으로 단장하면서 하루를 시작했다. 동백기름으로 한 시간여 손질을 끝내면 아침이 부옇게 밝아왔다. 그때부터 집안 구석구석 바지런한 손길이 닿지 않는 곳이 없었다. 대들보며 마루엔 언제나 반짝반짝 윤기가 흘렀다. 체구는 작았지만 강단이 있었다. 손끝이 야물고 매사에 빈틈이 없어 동네에 소문이 자자했다.

부뚜막엔 항상 물을 담아두는 항아리가 놓여 있었다. 집안에서 제일 먼저 일어난 할머니는 거기에 여러 번 길어 온 우물물을 채워 놓았다. 밥 짓기며 설거지로 사용되는 물은 집안의 생명수 같은 것이었다. 어쩌다 비워지기라도 하면 식구들에게 불호령이 떨어졌다. 가족을 지켜주는 부적인 양 항아리에 물이 차 있는 것을 중요하게 생각했다.

할아버지와 할머니 혼사는 양가 어른들에 의해 성사되었다. 열네 살 꽃다운 처녀가 물동이를 이고 가는 모습을 지켜보던 할아버지네 쪽에서 단번에 결정한 일이었다. 그 때쯤 할머니의 친정은 하루하루 끼니를 걱정할 만큼 가난

했다고 한다. 어린 나이였지만 입 하나라도 줄이려는 마음에 앞뒤 생각할 겨를 없이 시집을 오게 되었다.

까탈스러웠던 할아버지는 오랫동안 유림에 몸담고 있어서 매사가 봉건적이었다. 바시 직삼은 칼날같이 다려 놓아야 했으며 댓돌 위의 신발도 항상 가지런하게 두었다. 아침마다 방문 앞에는 세숫물이 담긴 대야가 놓였다. 하지만 할아버지는 부부가 유별하다 하여 할머니에겐 따뜻한 말조차 건네지 않고 아녀자라며 철저하게 무시했다. 어린 당신이 감내하기엔 모든 것들이 벅찼지만 내색하지 않고 꿋꿋하게 견뎌 나갔다.

할아버지는 할머니를 제외한 모든 여자들에게 친절했다. 봄이 되면 행사처럼 집에 들렀던 잡화며 화장품을 파는 방물장수들을 각별하게 대했다. 잘 차려진 밥상을 내어놓기도 했으며 가끔 여비를 챙겨주는 일도 있었다. 그러다 보니 장사꾼들이 뻔질나게 들락거렸다. 그중 누군가와는 스치듯 바람을 피우기도 했을 것이라고 후일담으로 전해지기도 한다. 그런 일들로 속이 상할 법도 한데 당신은 할아버지에 대한 원망은 가슴에 묻고 그림자처럼 챙기며 묵묵히 집안을 지켰다.

삼촌들의 대학 진학으로 조금씩 전답이 줄어들었다. 남은 땅은 대부분 하천부지였다. 태풍이 오거나 장마가 지나가면 모래가 농지를 덮어버리는 일이 잦았다. 처음에는 남의 손을 빌려서 모래를 치우고 다시 땅을 일궈냈다. 심하게 홍수가 난 어느 해엔 그마저도 유실되고 말았다. 양식은 부족해졌고 조금씩 가세가 기울어졌다.

할머니는 이웃에 사는 친척을 찾아가서 자투리땅을 얻었다. 작은 땅이었지만 정성스럽게 채소를 키워 시장에 가서 팔았다. 그러다 일반 채소에서 품질 좋은 특용작물로 품종을 바꾸어 재배했다. 입소문을 타고 주문이 밀려왔다. 조금씩 형편이 나아지면서 재산이 늘어났다.

어느 날 갑자기 건장한 청년 서너 명이 들이닥쳐 아버지를 찾았다. 영문을 모르는 엄마와 우리는 아무 말도 하지 못하고 떨고 있기만 했다. 집 안 곳곳을 뒤지더니 가재도구와 살림을 난장판으로 만들었다. 지인이 동네 인근에 중요 건물이 들어설 거라며 투자를 권유했고, 아버지는 가족들과 상의 한마디 없이 집문서며 예금을 모두 밀어 넣었다. 하지만 사기였다. 며칠 후 초췌해진 모습으로 돌아온 아버지는 남의 손에 넘어간 집을 뒤로하고 이불 보따리 하나만 들고 할머니를 찾아갔다. 그때 당신은 아무런 말 없이 깨끗하게 정리된 작은 방을 내어주면서 우리 가족을 받아주었다.

할머니의 가족 사랑은 특별했다. 날마다 저녁이면 장독대 앞에 정화수를 떠 놓고 기도를 드렸다. 어릴 때 나는 그 모습을 자주 보았다. 기도는 족히 한 시간여 동안 계속될 때도 있었다. 주로 가족들의 건강과 집안의 무사함을 비는 내용이었다.

유림에서 돌아오는 길에 사고를 당한 할아버지는 장기간 병원에 입원했다. 음식을 제대로 소화하지 못해 앙상하게 뼈만 남은 모습으로 누워 있었다. 어느 날 병상에서 간호하는 할머니를 물끄러미 바라보더니 손을 꼬옥 잡고서 "임자, 그동안 많이 미안했소." 하며 눈시울을 붉혔다. 그날 밤 할아버지는 편안한 모습으로 눈을 감았다.

늘 참고 살아야 했던 시댁에서의 삶이었다. 남편은 언제나 시부모님과 형제 편이었다. 그러다 어느 순간, 건조한 목조건물에 작은 불씨가 번지듯 나에게 암이 찾아왔다. 속으로 삭이며 보냈던 시간들이 수면 위로 드러난 그해, 할머니가 준 낡은 인형을 꺼냈다. 항암치료를 할 때도, 수술할 때도, 혼자 울고 싶을 때도 늘 곁에 두었다.

산허리에 걸린 해가 궁궐에 길게 늘어진다. 돌계단 끝에 가만히 앉아 본다. 처마 끝에 앉아 있던 새가 드무 속으로 날아간다. 새들의 지저귐이 사르륵 바람으로 휘감긴다. 찰랑거리는 항아리 위로 할머니의 얼굴이 동그랗게 떠오른다.

놋그릇을 닦으며

수세미가 지나간 자리마다 황금색이 반짝인다. 왼쪽에서 오른쪽으로 서너 번 원을 그리듯 닦다가 다시 반대로 문지른다. 그때마다 놋그릇은 내 손길을 지그시 받아준다. 따뜻한 물로 헹궈내자 말끔히 세수한 거울 같다.

설거지를 할 때마다 식기는 반쯤으로 줄어들었다. 가끔 조각난 파편들이 검은 비닐에 싸여 몰래 버려졌다. 깨지지 않는다는 유명한 외국 브랜드였지만 내 마이다스의 손은 살짝 스치기만 해도 부서지고 말았다. 쓰고 있던 나머지 그릇들도 시간이 지나면서 차츰 빛이 바래졌다. 궁리를 하다 평생 써도 깨지거나, 색이 변해서 바꾸지 않아도 되는 놋그릇을 택하게 되었다.

방짜유기는 구리와 주석을 섞은 합금액을 곱돌 위에 부어 달구어가면서 수천 번 두들기고 담금질을 이어간다. 망치질을 하고 난 뒤에도 계속해서 두께를 고르게 늘리는 우김질이 기다린다. 그러고 난 뒤에야 강도 높은 그릇으로 완성된다.

놋그릇을 닦으면 방짜유기처럼 오래 우정을 다져온 그녀가 생각난다. A를 처음 만난 것은 일곱 살 때였다. 오래 비어 있던 옆집에 이사를 왔다. 사업하던 아버지의 실패로 고향에 온 것이라고 했다. 아이는 대체로 집 안에만 있었다. 몸이 약했던 나도 밖으로 나가지 않아 마당에서 서로 바라만 보았다. 그 집 부모는 오이와 당근 농사를 시작했다. 알레르기로 채소와 과일밖에 먹지 못했던 나는 자주 옆집을 기웃거렸다. 그러던 어느 날, A가 오이를 건네주면서 우리는 친구가 되었다.

초등학교 때는 담벼락 아래 자리를 깔아놓고 밭에서 따온 갖가지 채소와 꽃들로 소꿉놀이를 하면서 보내거나 버들피리를 만들어 불었다 중학교 때까지 같은 학교와 반이라 매일 붙어 다녔다. 고등학교 다닐 땐 서로 다른 학교였지만 하굣길엔 꼭 만나서 함께 버스를 타고 집에 왔다. 그러다 성인이 되어 직장 관계로 멀리 떨어져 지내다 그녀가 남편 직장을 따라 내려오면서 같은 도시에 살게 되었다. 우리는 다시 예전처럼 추억을 공유하는 시간이 많아졌다.

예민한 성격이었던 나와는 달리, 모든 것을 포용해주었던 A는 언니 같았다. 몸이 아플 때나 마음이 우울할 때면, 남편 대신 친구를 찾았다. 늦깎이 공부를 시작하면서 너무나 힘든 일들이 많았다. 그럴 때마다 그녀는 근무를 마치고 찾아와서 내게 용기를 주었다. 우리의 우정은 세월의 더께가 앉을수록 더 반짝였다.

B는 여고시절, 이뚱순과 오갈비라는 별명으로 케미를 이루며 친하게 지냈다. 졸업 후 연락이 뜸하더니 신혼 초, 우리 집을 찾아왔다. 잠시 이야기를 나누다 머뭇거리며 말을 꺼냈다. 이사를 해야 하는 데 돈이 필요하다는 것이었다. 일주일 정도면 받을 돈이 있는데 그때 주겠노라고 간절하게 부탁을 했다. 적은 금액이 아니라 고민되었으나 타지방에서 찾아온 친구를 외면할 수 없었다.

일주일 정도면 남편 모르게 빌려줘도 괜찮으리라 생각했다. 만기가 얼마 남지 않은 적금을 해약해 모두 그녀에게 보냈다. 하지만 일주일 후에도, 한 달이 지나도 연락이 없었다. 차츰 적금 만기일은 다가오고 애가 탔다. 수없이 전화했지만 없는 번호로 안내되었다. 끝내 연락이 없던 B와는 쉽게 깨어지는 도자기처럼 관계가 단절되고 말았다.

놋그릇은 관리가 까다롭다. 사용 후 시간이 지나면 푸른 녹청이 생기는데 이를 깨끗하게 닦는 것은 예전 여인들의 일과였다. 얼기설기 뭉친 지푸라기에 곱게 빻은 기와가루를 문혀 물과 함께 윤이 반질반질해질 때까지 닦았다. 어릴 적 할머니는 며칠에 한 번씩 마당에 멍석을 펼쳐 놓고 손톱 밑에 새카맣게 때가 낄 때까지 놋그릇을 닦았다.

A와의 관계도 그랬다. 다시 만난 우리는 그동안 떨어져 지냈던 시간을 만회라도 하듯 매일 서로의 안부를 물으며 시시콜콜한 이야기를 나누었다. 그러다 그녀가 취직하면서 조금씩 관계가 소원해졌다. 직장 일로 바쁘다며 전화를 제대로 받지 못할 때가 많았다. 서운함이 쌓여가던 어느 날, 그녀가 만나자고 해서 나가보니 사는 게 힘들다며 느닷없는 하소연을 하는 것이었다. 여러 상황을 들어보니 딱한 처지가 이해되었다. 그것도 모르고 괜히 오해한 내가 미안했다.

놋그릇은 사용하고 나면 물의 흔적, 음식 잔여물이 남는다. 씻고, 말리고, 다시 보드라운 철수세미로 문질러야 한다. 아무렇게나 닦게 되면 엉뚱한 긁힘이 생긴다. 한 방향으로 빙빙 원을 그려가며 지나가야 자연스럽다. 조금만 힘을 주게 되면 그릇에 선명하게 수세미가 지나간 흔적이 남고, 약하게 닦으면 깨끗하게 지워지지 않는다. 한두 달은 계속해서 길을 들여야 놋그릇 본래의 짙은 빛깔로 자리를 잡는다.

놋그릇을 닦으면 서서히 길들여지듯 그릇도 나를 길들였다. '네 장미꽃을 그렇게 소중하게 만든 것은 그 꽃을 위해 네가 소비한 시간이란다.' 생텍쥐페리의 『어린 왕자』에서 여우가 한 말이다. 내가 A를 소중하게 생각한 것은 그녀를 위해 내가 소비한 시간 때문일 것이다. 반대로 그니도 그러하리라. 우리는 서로를 길들이며, 상대방을 위해 자신을 소비하며 반백 년 가깝게 돈독한 관계를 유지해왔다.

건강하던 친구가 과로와 함께 오미크론에 감염이 되었다. 통화를 하면서 걱정하는 나완 달리, 일주일 집에서 푹 쉴 수 있어 오히려 휴가 같다며 밝게 웃었다. 출근하기 전, 손수 구운 고구마와 반찬을 현관 앞에 두고 나왔다. 힘내라는 메시지도 함께.

　보드라운 수세미로 닦은 놋그릇을 다시 마른 천으로 문지른다. 불빛들이 작은 행성처럼 그릇 위에 동심원을 그린다. 손가락은 꺼칠해졌지만 A와의 관계처럼 잘 아물어 갈 것이다. 그릇장에 차곡차곡 들이며 남은 얼룩이 있는지 살펴본다. 건강을 회복하는 날, 놋그릇에 맛있는 한 끼를 담아주고 싶다. 황금빛 청동거울 속에서 A가 환하게 웃는다.

큐브

생생불식生生不息, 큐브는 동물성이다. 사각의 스핑크스는 끊임없이 문제를 만들어내고 질문을 한다. 질문에 답하지 못하면 바로 잡아먹히고 만다. 면과 면은 길항하면서 당기고 당기면서 밀어낸다. 빨강이 맞추어진다 싶으면 노랑이 끼어들고 파랑을 맞추었다 싶으면 다시 빨강이 흐트러진다.

벌써 몇십 분째, 난공불락의 큐브를 만지고 있다. 아랫부분부터 맞추고 나서 차례로 윗부분을 이어가야 한다는 걸 알면서도 급한 마음에 자꾸만 헝클어지고 만다. 어떻게 완성해야 할지 난감하다. 손엔 땀이 흐르고 가끔씩 큐브를 떨어뜨리기도 한다. 그만 팽개치고 싶지만 포기할 순 없다.

남편은 파랑이었다. 늘 이성적이고 차가운 이미지였다. 매사에 철두철미했으며 조그만 실수도 용납하지 않았다. 절제와 근면이 몸에 배었고 조금의 흐트러짐도 보이지 않았다. 어머님은 빨강이었다. 적극적이고 활발했다. 동네 일에 물불 가리지 않고 참견했으며 언제나 앞장섰다. 집안엔 동네 어르신들이 수시로 출입했고 명절이라도 되는 날엔 더욱 북적댔다. 어머님 주변은 늘 떠들썩했으며 한시도 가만히 있지 못하고 끊임없이 몸을 움직였다.

나는 노랑이었다. 규칙에 얽매이기 싫었고 혼자 있기를 좋아했다. 그리스인 조르바처럼 자유를 동경했다. 볕이 좋아서, 비가 와서, 눈이 내려서 그런 핑계를 대면서 자주 밖으로 나돌았다. 결혼 후에도 마찬가지였다. 음식이며 살림살이에 서툴렀고 몽상에 잠겼다. 제도와 관습에 구속되기 싫었다.

결혼은 큐브를 맞추는 일이었다. 서로 다른 문화와 환경에서 자란 사람들이 한곳에 모여 살아가는 작은 공동체였다. 라면 하나도 제대로 끓이지 못하는 나를 시집보내 놓고 친정에선 걱정이 많았다. 반찬은 고사하고 밥이나 할 수 있을지, 시댁 어른들은 잘 모실지, 집안 대소사는 잘 챙길지

밤낮없이 근심이 태산이었다. 몇 번의 만남 끝에 결혼을 하긴 했지만 아니나다를까 우려는 현실이 되었다. 설은 밥과 탄 밥을 교대로 지어냈으며 걸핏하면 그릇과 화분을 깼다. 집안일은 종내 관심이 없었고 배우려 하면 할수록 더 어려웠다. 시부모님의 한숨이 마음을 짓눌렀다.

남편과의 관계에서도 자꾸 충돌이 일어났다. 나는 어수선하게 헝클어져 있는 것을 그대로 두었지만 그는 먼지 하나도 용납하지 않았다. 그런 남편을 향해 결벽증이라며 불만을 토했고 게으르다는 핀잔이 돌아왔다. 정확히 지켜져야 하는 규칙 때문에 자주 스트레스를 받았다. 이성과 감성이 부딪혔으며 그것은 첫 아이가 태어날 때까지 극복되지 못했다.

다시 또 퍼즐을 맞춘다. 이젠 천천히 심호흡을 하고 아랫부분부터 맞추어 간다. 입을 벌리고 틈만 나면 잡아먹을 태세이던 스핑크스도 어느새 순해진 것 같다. 빨강과 빨강 사이의 노랑은 왼쪽으로 젖히고, 파랑은 위쪽으로 올리고. 조금씩 면들이 동일한 색으로 채워진다. 시간이 걸리겠지만 결국 큐브는 완성될 것이다.

안 되겠다 싶었던지 어머님은 집 안 큰일이 있는 곳이면 나를 데리고 다니기 시작했다. 어른들을 소개하고 맛있는 음식을 먹이면서 요리법을 가르쳤다. 그렇게 한동안 서툰 며느리를 학습시켰다. 남편과의 관계도 조금씩 서로를 양보하는 선에서 타협이 이루어졌다. 자기 자신의 고집을 버리고 상대방의 가치를 인정하며 서로에게 천천히 스며들었다. 가끔씩 보이지 않는 충돌이 일어나긴 했지만 어느 지점에선 마무리가 되곤 했다.

언젠가 TV에서 큐브를 맞추는 영상을 본 적이 있다. 보통 333큐브가 기본이지만 앳된 청년은 444큐브를 불과 몇 분 만에 맞추었다. 손가락이 보이지 않을 정도였다. 그렇게 되기까지 그에겐 많은 실패와 도전이 있었을 것이다. 나는 아직 333큐브도 제대로 맞추지 못한다. 수없이 시행착오를 거듭했다. 하지만 완성될 때마다 느끼는 희열 때문에 쉽게 놓지를 못한다. 큐브의 치명적인 매력이다.

큐브를 해보면 알게 된다. 어느 순간 면과 면들이 서로 얽히면서 혼란이 올 때가 있다는 것을. 그건 예기치 않게 닥친다. 그럴 땐 잠시 큐브를 내려놓고 호흡을 가다듬으면 원점으로 돌아가 다시 점검을 해야 한다. 지쳐서 포기하게 되면 큐브에게 잡아먹히고 만다. 어찌 큐브뿐이겠는가.

아이 둘을 낳은 뒤였다. 어느 날 복통이 있어 병원엘 갔다가 여러 가지 검사 끝에 암 선고를 받았다. 앞이 캄캄했고 절망감이 몰려왔다. 이제 겨우 맞추어지려던 큐브는 다시 어긋나고 말았다. 계속되는 약물 부여와 통증으로 그만 삶의 끈을 놓고 싶은 적이 한두 번이 아니었다. 그럴 때 남편과 시어른들은 나를 벼랑 끝에서 붙잡아주었고 안아주었다. 이년여의 투병과 치료로 이젠 어느 정도 안정이 되었다.

다시 큐브를 만지며 생각한다. 면과 면은 길항하는 것이 아니라 서로를 포용한다는 것을. 타자의 가치관을 인정하고 그걸 받아들일 때만 큐브는 완성된다는 것을. 결혼생활도 마찬가지일 것이다. 상대를 이해하고 그 속으로 스며들지 못하면 지속하기가 어렵다. 볏짚이 저를 삭혀 거름이 되듯 그렇게 자신을 희생시켜야만 되는 것이다. 불화와 반목으로는 가족을 완성할 수 없다는 걸 결혼 이십 년이 넘어 알게 되었다.

드디어 큐브가 완성되었다. 한 시간을 훌쩍 넘겨버렸다. 인터넷을 찾아서 큐브 맞추는 법을 익히고 나름대로 경험을 축적해도 큐브는 아직 자신을 만만하게 허용하지 않는다. 하긴 쉽게 드러내면 무슨 매력이 있으랴 싶다. 병이 호전되어 요즘은 반찬 만들기며 집안 정리 등 조금씩 살림 솜씨가 늘었다. 시어른에게도 인정받고 남편과도 크게 다투는 일이 없어졌다.

맞추어 놓은 큐브를 이리저리 돌려본다. 파랑과 빨강, 노랑이 질서정연하다. 서로 다른 색깔들은 상대에게 스며들어 하나가 되었다. 큐브 안에는 갈등과 화해와 눈물과 웃음이 들어 있다. 그게 삶이 아니겠는가. 내일은 조금 더 시간을 단축할 수 있으리라.

초인종이 울린다. 파랑의 목소리가 들린다. 노랑이 밝은 모습으로 걸어간다. 스핑크스는 어느새 꼬리를 감추고 만다.

다시, 꽃

변기 물을 내리려는 순간, 멈칫했다. 피 한 방울이 떠 있다. 생식기에 관한 온갖 질환들을 생각해본다. 그러기엔 외관으로 드러난 증상들이 없다. '에이 별일 아니겠지, 내가 너무 호들갑스러운 거야.' 오후 내내 머리를 지끈거리게 했던 생각을 떨쳐버리고 일에 몰두하려는데 데자뷔처럼 똑같은 현상이 반복된다.

한 방울의 피, 머리가 지끈거렸다. 다시 재발한 것인가? 합병증이라도? 뭐지? 이 하혈은. 내색은 못하고 마음만 동동거리다 집으로 돌아왔다. 일이 손에 잡히지 않았다. 날씨마저 을씨년스럽다. 생각이 생각을 키운다고 했던가. 벌써

환자라도 된 양 아무것도 하지 못하고 침대에 누워 끙끙 앓았다.

퇴근한 남편은 표정이 더 어둡다. 큰 병이라도 생겼을 것 같은 예감에서인지 얼른 응급실에 가자며 성화였다. 아침까지만 기다려보자고 하다가 병원에 근무하고 있는 친구 생각이 났다. 늦은 시간이었지만 급한 마음에 전화를 걸었다. 울컥, 눈물부터 나서 울먹거리며 겨우 말을 이어가는 내게 "생리 같은데? 일단 패드를 하고 있어 보는 게 좋을 것 같아."라고 했다. 갑자기 아련해지고 멍해졌다. 생리, 이 낯선 단어가 6년 5개월이나 지나 불현듯 다시 나를 찾아오다니.

마흔의 어느 해, 갑자기 가슴이 아파서 병원을 찾았다. 검사를 마친 의사는 무표정한 표정으로 암이라는 진단을 내렸다. 그는 복용해야 하는 약의 종류와 증상들을 무심하게 늘어놓았다. 결국은 여성호르몬이 좋지 않은 영향을 주는 것이라 항호르몬제 투여로 생리를 억지로 제어해야 한다고 했다. 그러다 약 복용을 중단하게 되면 폐경으로 진행될 수 있다는 것이었다. 자궁 문을 닫아야만 병이 나을 수 있다는 절망의 등가교환은 여자로시의 삶에 종지부를 찍는 순간이었다. 엄마의 애간장을 태우며, 스무 살에 나를 찾아와 잠시 머물던 생리꽃은 그렇게 무심하게 떠나고 말았다.

두 살 터울의 동생은 중학생이 되자 조경을 시작했다. 엄마는 그때부터 한숨으로 나를 지켜보았다. 그러나 안타까운 바람과는 달리 고등학생이 되어도 감감무소식이었다. 그때 엄마는 체념을 하며 나를 껴안고 한참을 울었다. "내가 너를 평생 안고 가야 할 팔자인가 보다."라고 하면서.

고등학교 3학년 겨울, 대학입시를 치르고 난 후였다. 친구들과 함께 스무 살이 되면, 대학생이 되면 뭘 할까 깔깔거리며 시간을 보내는 동안 엄마의 걱정 따위는 안중에도 없었다. 성탄절이 며칠 지난 어느 날, 갑자기 속옷이 흥건하게 피로 얼룩져 있었다. 깜짝 놀라서 엄마에게 보였더니 "아이고, 고맙다 고맙다."를 반복하면서 기쁨의 눈물을 흘렸다.

몇 통의 생리대는 차마 정리하지 못했다. 욕실 한쪽에다 비밀처럼 숨겨 놓고 의사의 말이 오진이었기를 바랐지만 결과는 바뀌지 않았다. 항암제로 인해 머리카락이 듬성듬성 빠져나가고 몇 달이 흘렀다. 그제야 단념을 하곤 경건한 마음으로 숨겨 두었던 생리대를 모두 꺼냈다. 다시는 필요치 않을 그것들을 하나씩 만지며 쓰레기통에 버릴 때 눈물이 멈추어지지 않았다. 잘 가, 나의 꽃들아. 너무도 짧았던 사랑들아.

검진을 끝낸 의사는 "축하해요, 자궁도 깨끗하고 아무런 증상이 없어요. 건강해져서 자연스럽게 진행되는 과정이니 아무 걱정 마세요."라고 했다. 혹시라도 큰 병이 생겼을지도 모른다는 불안감은 삽시간에 사라졌다. 순간, 시간을 거슬러 스무 살이 된 느낌이었다. 지켜보던 남편은 다시 여자로서의 기능을 찾은 것을 축하해주었다.

그러나 마냥 기쁠 수는 없었다. 여성호르몬 때문에 항호르몬제를 다시 먹어야 할지도 몰랐다. 그러면 또 기나긴 투약을 해야 한다. 아니야, 이건 건강해졌다는 거야. 그래서 신이 선물을 주신 거야. 아픔은 다신 없을 거야. 그러니까 재발도 없어. 여자로서의 행복을 느끼면 되는 거야.

얼마 전, 지인이 크루시아 화분을 하나 선물해주었다. 평소 식물을 잘 키우지 못해 집 안에 두질 않았던 터라, 베란다에 내어놓고 관심을 두지 않았다. 어느 날, 무심코 내다보니 노랗게 잎이 말려 들어가고 있었다. 안타까운 마음이 들어 급히 영양제를 사다가 꽂아 두었다. 이틀이 지나자 정말 신기한 일이 벌어졌다. 시들어가던 줄기에 초록의 잎들이 생겨나고 있었다. 이렇게 작은 화초조차도 죽음을 극복하고 새로운 생명을 만드는구나, 생각이 들어 자주 넘어지려는 마음에 용기를 얻었다.

친구 말을 듣고 부랴부랴 마트를 찾았다. 콩닥거리는 가슴을 진정시키며 수많은 물건이 진열된 가게 안에서 한참을 머뭇거렸다. 여러 가지 모양으로 곱게 포장된 생리대는 너무나 예쁘고 다양했다. 목화솜이 몽글몽글 피어나는 모양, 고양이가 턱을 괴고 있는 핑크빛의 작은, 필기체가 한 면을 차지한 길다란 연둣빛의, 그중에 빨간 꽃무늬가 보일 듯 말 듯 그려진 것을 골랐다. 집으로 돌아오는 걸음이 날아갈 듯 경쾌했다. 꽃이 처음 내게 왔던 그때처럼.

새하얀 패드 위로 동백이 피어났다. 팬지 혹은 채송화 같기도 한. 그래 난 다시 나를 피운 거야. 병마를 이겨낸 크루시아 화분처럼. 잠시 내 곁을 떠났다 돌아온 나의 꽃, 한 송이를 오래 가슴에 품는다.

껴묻거리

　대문을 밀치자 마당이 부챗살처럼 펼쳐진다. 싸리비가 정갈하게 쓸고 간 자리마다 햇살이 반짝거린다. 채전 밭가엔 맨드라미가 붉은 볏을 세우고 능소화는 담벼락 위에서 주홍빛 하품을 물고 있다. 발자국 소리에 놀란 후박새 한 마리 푸드덕 감나무 위로 날아오른다. 할머니 기일에 맞춰 오랜만에 들른 친정집은 고요 속에 아늑하다.

　낡은 고가古家는 시간이 묻힌 집이다. 그 주변으로 여러 가지 껴묻거리가 묻혀 있다. 대숲과 뒤란과 우물, 장독대, 툇마루며 헛간, 시렁들. 회색빛 지붕 위에 금방이라도 떨어져 내릴 것만 같은 기와가 바짝 마른 흙을 붙잡고 있다. 골

다공증의 서까래는 구멍이 숭숭 뚫려 있고 대들보엔 켜켜이 묻은 손때가 반들거린다. 스스로 순장된 것들에서 고즈넉함이 묻어난다.

껴묻거리는 장사 지낼 때 시체와 함께 묻는 물건을 통틀어 이르는 말이다. 생전에 망자가 특별히 애용했던 것이거나 매장용으로 만든 물건들을 시체와 함께 묻은 데서 유래되었다. 매장되는 사람의 연령·성별·신분이나 시대에 따라 그 내용에 차이가 있었지만 대개 사후세계의 안위를 바라는 마음에서 행해진 풍습이다.

언젠가 이집트 보물전이 열리는 전시회를 관람했던 적이 있다. 화려한 무늬의 미라 관 주변으로 무덤 안에서 망자를 지켰던 갖가지 껴묻거리가 진열되어 있었다. 생전에 사용했던 크고 작은 그릇부터 농기구며 장신구들, 동물 조각, 가면 등이 당시의 장례문화를 재현해 주었다. 신라시대 무덤에는 새가 껴묻거리로 묻혔고 부여에서는 상상의 동물을 조각한 석수가 함께 발굴되기도 했다. 사자死者와 함께 물건을 묻는 풍습은 동서양이 서로 다르지 않은 것 같다.

할아버지는 봉건적이었다. 집안의 모든 것들이 제 자리에 놓여 있어야 했다. 신발은 댓돌 위에 가지런히, 한복은 잘 다림질되어 장롱에 보관되었다. 부엌이며 헛간까지도 말끔하게 정리해두지 않으면 호통을 쳤다. 대쪽 같은 성질 때문에 가족들은 늘 전전긍긍하며 지냈다. 할머니는 평생 다정한 말 한마디조차 건네지 않았던 지아비를 원망하지 않고 묵묵히 집안을 지켰다.

마당을 돌아 뒤란에는 우물이 있다. 내가 어릴 때만 해도 동네에서 우물이 있는 집은 한두 가구뿐이었다. 여름엔 밭일에서 돌아온 아버지가 등목을 했고 가을엔 할머니와 어머니가 김장거리를 씻었다. 가뭄 때에도 줄어들지 않아 동네 사람들이 줄지어 물동이를 놓고 물을 긷곤 했다. 지금은 거의 사용하지 않아 덮어둔 뚜껑엔 이끼만 잔뜩 끼어 있다. 우물은 땅속에서 오랜 잠에 든 걸까.

헛간을 열어본다. 한때 부엌으로 사용하던 곳이었으나 집을 개량하면서 창고로 사용하고 있다. 설날이 다가올 즈음이면 어김없이 강정을 만들었다. 부엌 문짝을 떼 내어 틀을 만들고 미리 튀겨온 튀밥과 조청을 섞어 부었다. 방망이로 잘 고른 뒤 칼로 먹기 좋게 자른 다음, 비닐이 펼쳐진 판 위에 조심스럽게 뒤집었다. 다 만들어진 강정은 헛간 높은 시렁 위에 보관되었다. 눈이 많던 동네였다. 강정 만드는 날엔 기다렸다는 듯 튀밥 같은 함박눈이 내리곤 했다.

자식들 학자금을 보태느라 조금씩 전답이 줄어들면서 남은 땅은 대부분 하천부지였다. 그나마 태풍이 오거나 장마가 지나가면 모래가 농지를 덮어버리는 일이 잦았다. 할아버지는 아랑곳하지 않았다. 심하게 홍수가 난 어느 해엔 그마저도 유실되고 말았다. 양식은 부족해졌고 조금씩 가세가 기울어졌다. 할머니는 이웃에 사는 친척을 찾아가서 자투리땅을 얻었다. 작은 땅이었지만 정성스럽게 채소를 키워 시장에 내다 팔았다. 할머니 노력이 입소문을 타고 주문이 넘치면서 기울었던 집안 형편도 조금씩 나아졌다.

사랑채를 열면 마당 쪽으로 할머니의 재봉틀이 앉아 있다. 햇살이 따사로운 날엔 작은 방문을 환히 열어놓고 달달달달 쉴 새 없이 손틀이 돌아갔다. 마법처럼 할아버지의 두루마기며 바지저고리가 만들어졌고 신기한 듯 지켜보는 우리에겐 목도리며 천 인형이 주어졌다.

삼국시대에 조성된 고분에서는 많은 유물이 출토되고 있다. 백제 무열왕릉에서는 무덤을 지키는 짐승인 진묘수가 발견되었으며, 신라의 천마총에서는 천마도가 나오기도 했다. 고구려 무용총에서는 14명의 남녀가 대열을 지어

노래에 맞춰 춤을 추고 있는 모습이 그려져 있다. 이처럼 꺼묻거리는 시대 상황에 다라 그 형태를 달리해서 사자死者들을 위로해주었다.

할머니는 화장火葬을 했다. 평소에 새처럼 훨훨 날아가고 싶다는 유언 때문이었다. 당신이 생전에 사용하던 이불이며, 반짇고리, 비, 명경 등 잡다한 용품도 같이 태웠다. 허공 속으로 한 줄기 연기가 되어 사라진 그것들은 할머니 곁에서 다시 사랑을 받을 것이다.

자신의 부장품을 이승에 남겨 놓고 당신은 영원을 꿈꾸었을까. 마당 구석을 지키고 선 늙은 대추나무엔 올해도 연초록 꽃들이 앙증맞게 피어 있다. 키 큰 감나무엔 벙거지 모자를 눌러쓴 땡감들이 그새 엄지손톱만큼 자랐다. 옹기종기 모여앉아 해바라기 하는 장독대는 언제 봐도 정겹다.

퇴색한 마루와 좀먹은 대들보와 이끼 긴 기와는 여전히 고색창연한 사랑채를 지탱하고 있다. 댓돌 위 손재봉틀에선 금방이라도 할머니의 잔기침 소리가 들려올 것 같다. 뒤란을 돌아 나온 바람 한 줄기가 싸리비처럼 마당을 쓸고 간다. 풍경은 그대로인데 시간만 아득히 흘러간 모양이다.

대문을 닫고 돌아서자 열렸던 집이 봉인된다. 할머니의

부장품도 그 속으로 사라진다. 앞산 마루가 묻어두었던 낮
달을 둥실 꺼낸다. 껴묻거리처럼.

돌살

우물 같은 독 안에 물고기들이 헤엄치고 있다. 미처 빠져 나가지 못한 우럭이며 농어 새끼들이 얕은 물에서 어쩔 줄 몰라 퍼덕거린다. 층층이 쌓인 돌 틈 사이로 머리를 들이 밀어보지만 이내 포기하고 만다. 영문도 모르고 그 안에 갇 혔을 물고기가 안쓰러워 눈을 뗄 수가 없다.

돌살은 해안에 돌을 쌓아 만든 그물이다. 석방렴이라고 도 부르는데 그 음을 따서 독살, 돌살, 돌발이라고 부른다. 밀물 때, 바다를 유영하던 물고기들이 물과 함께 돌담을 넘 어 들어왔다 썰물이 되어 물이 빠져나가면 그 안에 갇히고 만다. 이렇게 재래식으로 잡는 어로 방식을 말하는데, 해안

지형이 굴곡지며 마을과 가까운 거리에 있는 작은 섬에 주로 설치한다고 한다.

마을 공터에서 고무줄놀이를 하던 열여덟의 엄마는 영문도 모른 채 외할아버지 손에 이끌려갔다. 어른들끼리의 정혼으로 한 번도 만나지 못한 아버지와 결혼을 해야 했다. 표주박을 쪼개 만든 잔에 부끄럽게 마신 술은 평생의 약속이 되었다. 나무로 만든 기러기를 들고 백년해로를 약속하며 이바지 음식과 함께 들어서는 새색시를, 올망졸망 여덟 명의 삼촌과 고모와 정정하신 할아버지와 할머니가 곁눈으로 주시하고 있었다. 익숙했던 공간에서 낯선 곳으로 순간이동을 한 엄마는 그만 시집이라는 돌살에 갇히고 말았다. 물고기처럼.

첫날밤을 새우고 일어나자마자 넓은 마당은 엄마의 몫이었다. 비질이라곤 한 번도 해보지 않았던 새색시는 동구 밖까지 깨끗하게 쓸어야 했다. 마당은 집으로 들어오는 얼굴이니 항상 정갈하게 하라는 할아버지의 엄한 주문이 있었기 때문이었다. 그런 후엔 소죽을 끓여야 했고 할아버지와 할머니 세숫물을 대야에 담아 문 앞에 두었다. 아무리 추운 겨울에도 빠트리지 않는 일과였다. 그다음으로 부랴

부랴 열 식구의 아침을 준비해야 했다.

엄마가 의지할 곳은 아버지뿐이었다. 연애 결혼을 한 것도 아니라서 금방 정은 들지 않았지만 조금씩 속내를 터 갔다. 하지만 아버지는 무뚝뚝해서 마음을 주는 것에 서툴렀고 근무를 하지 않을 땐 늘 농사일로 바빴다. 말단 공무원으로 잦은 외근을 해서 집에 머무는 시간도 적었다. 신혼을 일 년도 넘기기 전에 타지로 발령받아 두 사람의 관계는 더욱 소원해졌다. 서로 떨어져 지내는 시간이 많아졌고 주변에선 아버지의 외도를 의심하는 눈초리였다. 그런 쑥덕거림은 엄마를 더 힘들게 했다. 그러나 달리 어떤 조치를 취할 수도 없었다. 혼자 묵묵히 그 모든 아픔을 견뎌내는 수밖에 없었다.

아버지의 부재로 삼촌, 고모들은 엄마를 대놓고 무시했다. 삼촌은 까닭 없이 행패를 부리는 일이 예사였고 걸핏하면 돈을 뜯어갔다. 고모는 큰 집 살림에 손 하나 까딱하지 않고 미운 시누이 짓만 했다. 빨래며 청소는 물론 밥 짓기며 농사일까지 몸이 열 개라도 모자랄 판이었다. 식구들 뒤치다꺼리에 밤이 이슥해서야 잠자리에 들었고 새벽 일찍 일어나기를 반복했다. 엄마는 어떻게 하든 살림을 나가 시댁을 벗어나려고 했지만 아버진 꿈쩍도 하지 않았다.

이미 딸을 둘이나 낳은 엄마는 아들을 갖지 못해 전전긍긍했다. 맏며느리 자리가 위태하게 느껴질 정도였다. 산달이 가까워지면서부터는 음식을 제대로 먹을 수 없을 정도로 신경이 예민해졌다. 그즈음 작은어머니는 첫아들을 출산해서 더욱 마음을 졸이게 되었다. 구월에 들어서자 이젠 아들이라는 생각이 들었던 당신은 안도의 숨을 쉬었다. 짝수 달에는 딸을, 홀수 달에는 아들을 출산한다는 말을 크게 믿었다. 산통이 오자 평소 언짢게 생각하던 할아버지도 곧 태어날 첫 장손에 대한 기대로 집 안 곳곳을 전등으로 밝혔다. 한참 지나 방문을 열고 나온 할머니는 "또 딸"이라 했고 할아버지 담뱃대는 탕탕 애먼 툇마루만 두드렸다.

평생 꼿꼿하게 살 것만 같았던 할아버지가 쓰러졌다. 자전거를 타고 향교에 가다가 넘어진 것이다. 의사는 뼈에 금이 가서 검사가 필요하다고 했다. 병구완은 당연히 엄마 몫이었다. 며칠을 누워 있던 할아버지 방에 엄마가 조심스럽게 들어갔다. 책을 좋아했던 할아버지를 기쁘게 해주기 위해서였다. 좀체 마음을 열 것 같지 않던 할아버지는 책을 다 읽는 동안 가만히 있었다. 그 이후로 책 읽기는 매일 계속되었다.

어느 날 서울에 살고 있던 삼촌과 숙모가 집으로 왔다. 사랑채에 들렀다 나오더니 큰 병원으로 가야 한다며 다짜고짜 할아버지를 태우고 휑하니 대문을 나섰다. 가까이에서 병구완을 하겠다는 엄마를 밀쳐내곤 상태가 이 지경까지 오게 했냐며 오히려 나무라기까지 했다. 운명하기 전 얼마간의 재산을 상속받으려 했던 삼촌과 숙모는 두어 달 후 할아버지를 다시 맏며느리에게 맡기고 가버렸다.

구급차로 집에 온 할아버지는 전보다 더 야위어 있었다. 조금씩 거동하는 날에도 마당을 벗어나진 않았다. 죽담에 앉아서 겨우 한두 시간 해바라기를 하곤 방으로 들어갔다. 조금씩 날씨가 더워지던 어느 날, 엄마의 손을 꼭 잡고 무슨 말인가를 하려다 끝내 세상을 떠나고 말았다. 몇 달 동안 대소변을 받아내며 밤마다 기도했던 엄마는 숨죽여 울었다. 아무도 몰랐던 할아버지의 전답은 어느 사이 삼촌과 고모의 몫이 되어 있었다.

한동안 연락을 끊었던 삼촌과 고모는 몇 년이 지난 후에 불쑥 집에 찾아왔다. 할아버지 제삿날이었다. 옛일을 사죄한다며 엄마에게 용서해달라고 했다. 몰래 상속받은 재산에 대해선 한마디도 하지 않았다. 당신은 말없이 고개만 끄덕였다. 할아버지가 돌아가신 이후부터 아버지는 알뜰살뜰 엄마를 챙겼다. 집안일이며 조금 남아 있던 농사일까지 열심히 거들었다.

자식을 모두 출가시킨 엄마는 잇몸이 녹아내리고 이가 다 썩어버려 틀니를 하고 있다. 어느새 얼굴에 주름살이 가득 찬 할머니가 되었다. 갑자기 늙어버린 모습에 찬바람이 가슴을 쓸고 지나간다. 엄한 시부모와 시동생, 시누이에 갇혀 평생을 힘들게 살았던 당신의 지느러미는 이제 모든 걸 내려놓고 고요해졌다.

너울거리며 파도가 틀니 같은 돌살을 넘어온다. 갇혀 있던 물고기들의 움직임이 빨라졌다. 물이 차오르자 어느 순간, 돌그물 위를 넘어 바다로 헤엄쳐나간다. 물고기들이 사라진 수평선 저 너머에서 엄마의 모습이 잔잔하게 떠오른다.

자메뷔

모든 것이 희뿌옇다. 수십 년 살았던 공간이 맞을까 싶게 낯설다. 답답한 마음에 눈을 찡그려 보고, 다가가서 손으로 만져보지만 마찬가지다. 눈을 감아도 알 수 있을 것 같았던 집안이 갑자기 다른 공간인 듯 서먹해졌다.

자메뷔jamais vu는 미시감未視感이라고도 하는데 평소 익숙했던 것들이 어느 순간 생소하게 느껴지는 현상이다. 이미 경험하거나 잘 알고 있는 상황을 처음 경험하는 것처럼 생각하는 기억의 착각에서 비롯된다. 데자뷔déjà vu는 이와 반대 현상으로 기시감旣視感이라 한다.

며칠 전부터 콧잔등이 따가워서 피부과를 찾았다. 대수

롭지 않게 생각하며 지나쳤는데 점점 돋아져 손댈 수 없을 정도가 되었다. 원인은 안경 코 받침대였다. 마스크를 자주 안경 위에 걸쳐 두어 그 무게로 피부가 짓무른 것이었다. 의사는 나을 때까지 착용하지 않는 것이 좋다고 했다.

큰 방을 지나 작은 방, 그 옆 서재, 주방이나 욕실을 찾아 다니는 것은 별로 어렵지 않다. 수십 년 동안 몸에 밴 익숙함은 눈을 감고 있어도 집 안을 훤히 꿰뚫는다. 하지만 발걸음은 한 박자씩 늦어졌고 사물들은 안개가 낀 듯 흐려졌다. 가끔씩 무언가가 앞을 가로막는 듯 느껴져 그 자리에 멈춰서기도 했다. 집안에선 한 번도 느껴보지 못한 불편함이었다.

조심스럽게 계단을 내려와서 집 앞에 있는 마트에 들렀다. 간단한 상차림을 위한 장보기인데도 시간이 지체된다. 잘 보이지 않으니 더딜 수밖에 없다. 겨우 계산을 마치고 나와도 평소와 같은 걸음걸이는 엄두가 나지 않는다. 행여 넘어질까 조심스럽다. 이럴 때 아는 사람이라도 만나면 당황할 수밖에 없다. 얼굴을 잘 알아볼 수 없기 때문이다.

프라하에 가면 눈먼 시계가 있다. 세계에서 가장 멋진 시계를 만들고 싶었던 왕은 수소문 끝에 실력 있는 시계공을 찾게 된다. 시계공은 최고의 시계를 만들기 위해 혼신의 힘을 다했다. 이윽고 완성되자 왕은 다른 곳에서 똑같은 것을 만들지 못하게 그의 눈을 멀게 해버렸다.

시계공은 왕에게 복수하기 위해 아무도 모르게 시계에 손을 넣어 멈추게 했다. 그 후, 시계는 여러 차례에 걸쳐 수리되었고 지금은 전동장치에 의해 움직이고 있다고 한다. 천동설과 지동설의 원리에 따른 해와 달의 움직임이 표현된 작은 시계는 당시 보헤미아의 농경 생활을 잘 보여주고 있다. 시계공은 세상에서 가장 아름다운 시계를 얻기 위해 결과적으로 자신의 눈을 바친 셈이다. 내 눈은 무엇을 위해 나빠졌는지.

초등학교 6학년 때였다. 학교에서 건강검진이 있는 날이었다. 시력검사를 하는 내내 글자판이 보이지 않아 진땀을 흘리자 선생님은 안경을 권유했다. 여자가 안경이라니? 할아버지는 노발대발이었다. 아들이기를 바랐던 나는 미운털이 박힌 터였다. 엄마는 몰래 나를 데리고 시내로 나가 안경을 맞춰 주었다. 그러자 세상이 달라졌다. 늘 얼굴을 찡그리며 읽어야 했던 글자는 물론, 모든 사물이 선명하게 보이는 것이 너무나 신기했다.

그 후 안경은 나의 트레이드 마크로 자리 잡았다. 얼굴을 씻을 때나 잠잘 때 외엔 좀체 벗지 않았다. 내가 경험하고 판단하는 것은 모두 안경을 통해 이루어졌다. 책을 읽을 때도, 물건을 고를 때도, 꽃을 볼 때도, 사람을 만날 때도. 그것은 어느덧 내 몸의 일부가 되어 버렸다.

분신 같은 존재를 벗고 나서야 그 모든 것들이 안경이 있어 가능했음을 알았다. 책을 읽을 수 없고, 물건을 고르면서 헷갈려 하고, 무슨 꽃인지 알 수 없게 되었다. 지척에 두고도 사람의 얼굴을 제대로 식별해낼 수 없었다. 잘 보이지 않으니 말도 더듬거리고 자연 자신감이 떨어졌다. 그동안 나는 너무 안경에 의존했던 것은 아닐까?

잘 나가던 재정전문가였던 리사 피티팔티는 도관병 때문에 점점 시력을 잃어갔다. 2년간 폐인처럼 지내던 그녀는 가족과 친지들의 도움으로 절망을 극복하며 그림을 그리기 시작했다. 그녀의 그림은 일반인의 생각과는 전혀 다른 화려하고 밝은 톤이었다. 앞이 보이지 않는다는 것이 도저히 믿기지 않는 작품이었다. 두 손을 가지런히 모으고 있는 여인의 뒷모습은 자잘한 근육들이 자세하게 묘사되어 있어 보는 사람이 놀랄 정도다. 불가능한 일을 가능하게 만든 그녀의 그림은 생동 그 자체다.

시간이 지나면서 조금씩 심리적으로 안정이 되어 갔다. 낯설게 느껴졌던 주변 상황들도 익숙해졌다. 환경이 사람을 지배한다는 말이 실감났다. 보는 것에 길들여져 있던 감각은 자연스럽게 느끼는 것으로 바뀌었다. 눈을 감고 명상에 잠기는 일이 많아진 것도 이때쯤이다. 종일 종종거리며 바쁘게 쫓아다녔던 일상을 되돌아보는 여유도 생겼다. 그러자 문득 보이는 것이 전부가 아니라는 것을 알게 되었다. 우리가 지각하고 있는 모든 인식들이 대부분 보여지는 것들에 좌우된다는 건 어쩌면 불공평한 일인지 모른다. 시각 외에 촉각, 미각, 청각, 후각들의 기능과 그 경험도 중요하기 때문이다.

콧잔등의 짓무름이 나으면 다시 바쁘게 걸어 다니게 될 것이다. 빠르게 지나치는 것에 익숙해져서 앞만 보고 가는 자신을 느낄 때면, 한 번씩 안경을 벗어보리라. 그러면서 세상을 쉬어갈 수 있는 쉼표를 나에게 주려고 한다. 구름이 흘러가는 하늘이 얼마나 푸른지, 나뭇잎에 반짝이는 햇살이 얼마나 눈부신지, 강물 위로 내려앉는 바람의 무늬기 얼마나 아름다운지를.

좌우를 살피며 천천히 걸으니 그동안 보지 못했던 풍경이 펼쳐진다. 길가에 피어 있는 풀꽃과 누군가가 가꾸어 놓은 화단들이다. 평소 지나쳤던 이 골목이 이렇게 예뻤던가 하며 다시 보게 된다. 돌멩이들을 모아 만든 작은 화단이 담벼락 아래 툇마루처럼 펼쳐져 있다. 옹기종기 사이좋은 오누이처럼 방울토마토가 익어가고, 오이와 가지가 탐스럽게 열렸다. 멈추면 비로소 보이는 것들이다.

나의 우렁각시들

식탁 위엔 구수하게 된장찌개가 끓는다. 북엇국 냄새가 주방을 맴돌고 무생채 나물도 가지런하게 놓여 있다. 주위를 둘러보았지만 아무 인기척이 없다. 오늘도 우렁각시가 다녀가셨나? 늦잠에서 부랴부랴 일어나 주방으로 나오니 아침상이 정갈하게 차려져 있다.

반찬이며 살림살이에 대해선 전혀 문외한인 채 덜컥 결혼을 했다. 곧바로 시집살이가 시작되었고 서툰 살림 솜씨는 어머님의 마음을 채우지 못했다. 탄 밥과 설익은 밥을 교대로 내어놓기 일쑤었다. 이 맛도 저 맛도 아닌 반찬을 맛있게 먹어주느라 식구들이 애쓰는 모습엔 몸 둘 바를 몰랐다.

시간이 지나도 솜씨는 나아지지 않았다. 고대하던 며느리가 들어오고 나서도 어머님의 주방 출입은 계속되었다.

어머님은 살림살이를 모두 익히고 결혼했다. 집안의 대소사를 빠짐없이 챙겼으며 살림 손이 야무지다며 주변에 소문이 자자했다. 그랬던 당신이 아무것도 모르는 며느리를 처음부터 가르쳐야 했으니 그 마음이 오죽했을까. 하루하루 긴장으로 잠을 설쳤지만 살림 솜씨라는 게 하루아침에 익혀지는 것은 아니었다. 당신은 당신대로 나는 나대로 스트레스가 쌓여갔다. 제대로 준비하지 않은 채 야무지게 시집살이를 해보려던 자신감은 자꾸만 작아졌다.

뒤이어 결혼한 아랫동서는 시댁 풍습에 따라 일 년을 함께 살았다. 우리 내외는 자연 이층으로 분가를 했다. 하지만 기쁜 순간도 잠시였다. 성격이 쾌활한 동서는 그때부터 시부모님과 지근至近에 있으면서 사랑을 독차지했다. 주방과 안방을 오가며 스스럼없이 이야기를 나누었으며, 아무것도 하지 못하는 나완 달리 요리학원에서 익힌 솜씨로 여러 가지 음식을 막힘없이 해냈다. 한식은 물론 중식, 양식 등 다양한 메뉴가 번갈아가며 식탁에 올라왔다. 손끝도 야무져서 청소며 빨래, 집안 정리가 입댈 곳이 없었다. 나는 점점 의기소침해지면서 아래층으로 내려가는 발걸음이 무거워졌다.

괜히 동서가 싫어지고 트집이라도 잡고 싶어졌다. 어머님과 동서가 함께 싱크대 앞에서 다정하게 음식을 준비하는 모습은 자꾸만 나를 위축되게 만들었다. 요리하는 것에 자신이 없어졌고 식사를 마치면 재빨리 설거지라도 해야 마음이 편해졌다. 거실에서 들려오는 고부간의 웃음소리에 애먼 그릇만 들었다 놓았다 했다.

긴장의 나날을 보냈던 그해, 정기검진을 받았다. 암 덩어리가 내 몸속에 존재하고 있다는 사실을 받아들여야 하는 나쁜 상황이었다. 남의 이야기로만 생각했던 일들이 내게 일어났다는 것은 충격이었다. 큰 병원으로 옮겨졌으며 좀 더 정밀한 검사를 진행하게 되었다. 수술을 진행하기엔 위험할 정도로 크기가 커져 선항암을 해서 덩어리를 줄여야 한다는 진단이 내려졌다.

그날 저녁, 어머님이 이층으로 올라왔다. 멍한 모습으로 앉아 있는 내 손을 잡고 주방으로 데려갔다. 자연식으로 차려진 식탁에는 병에 좋다는 음식들이 가득 차려져 있었다. 힘을 내야 한다며 한 숟갈이라도 더 먹어보기를 권했다. 울컥하는 마음에 쉽게 먹지 못하는 나를 가만히 안아주었다. 따뜻한 위로에 그동안의 원망이 말끔히 가시는 듯했다.

암의 크기를 줄이는 치료가 시작되었다. 오전 7시 이전에 혈액검사를 하고 나서 두세 시간 후에 다시 병원에 들렀다. 항암주사를 맞기 위해 몸 상태를 알아보기 위해서였다. 병원에서 돌아오면 식탁 위에는 항상 음식이 차려져 있었다. 어머님이 아픈 며느리를 위해 일찍 이층으로 와서 아침상을 차려놓은 것이었다.

동서와의 관계가 회복된 것도 그즈음이었다. 몸에 좋다는 갖가지 음식을 장만해서 사흘이 멀다 하고 찾아와 큰 위안이 되었다. 시시콜콜한 이야기를 격의 없이 나누면서 괜히 미워했던 것이 부끄러웠다.

몸이 아픈 중에도 가만히 있지 못하고 집안일을 하는 나를 남편은 걱정했다. 건강에 좋다는 야채를 데쳐 주스를 만들어 주었고, 거실이며 방걸레질과 아래층 계단을 청소했다. 병원에 가는 날은 항상 휴가를 내고 동행해주었다. 생각해보면 모두가 나의 우렁각시였다. 시부모님과 남편, 동서까지. 뭔가 부족했던 나를 아우르면서 이런저런 모양으로 대신해주었다.

병이 호전되고 난 후에도 어머님은 집안 대소사를, 남편은 청소며 자질구레한 일들을 대신해주었다. 알게 모르게 우렁껍질 속에서 나와선 집안일을 해놓고 감쪽같이 사라졌다. 나도 언젠가 그들의 우렁각시가 될 수 있을까. 아침상을 차려놓고 아래층으로 내려가는 발걸음 소리가 들린다. 내 마음에 따뜻한 볕살이 내려앉는다.

테왁

  푸른 바다 위로 흰 공들이 떠 있다. 파도를 따라 높아졌다 낮아졌다 움직이는 모습이 음표처럼 경쾌하다. 햇살을 받아 눈이 부시는 그것을 한참 바라보고 있자니 물속에서 사람이 불쑥 올라왔다. 수경을 잠시 벗은 해녀가 흰 테왁 위에서 숨을 고른다.

  테왁은 해녀들이 물질할 때 가장 기본이 되는 도구로 두렁박이라고도 불렀다. 스티로폼을 둥글게 만들고 그 아래 망태기를 달아 채취한 해산물을 담았다. 해녀들이 물질할 때 물 위에 띄워 두었다가 수면에 떠올라서는 잠시 몸을 의탁해 숨을 고르는 작은 휴식처이기도 하다. 테왁의 위치를 보면 작업하는 곳을 쉽게 찾을 수 있다.

　내가 태어났을 때, 부모님은 심각한 고민을 했다. 금방이라도 숨소리가 끊어질 것 같은 약한 몸이어서 출생신고를 해야 할지 말아야 할지 망설였다. 피부 위에 퍼런 실핏줄이 그물망처럼 얽힌 모습에 친구들은 다들 무서워했다. 또래들 허리에도 미치지 않는 작은 체구의 딸을 엄마는 매일 등에 업고 학교와 병원을 오갔다.

　음식 알레르기가 있어 아무거나 마음대로 섭취할 수도 없었다. 학교 앞에 있는 붕어빵이며 만두 등이 코를 자극했지만 참아야 했다. 먹고 나면 온몸에 두드러기가 날 것을 알기 때문이었다. 집에서 해 주는 채소 반찬과 과일 외에 다른 음식은 먹을 수 없었다. 그래서인지 초등학교 6학년 때까지도 전교에서 제일 작은 아이였다. 일반적으로 초경을 자연스럽게 맞이하는 또래들과 달리 사춘기 성징도 전혀 보이지 않았다. 그림자처럼 친구들에게 가려 존재감 없이 학창시절을 보냈다.

　엄마는 평생 딸을 보듬고 살아가야 할 것이라는 운명론을 받아들이기로 하였던지 늘 애처롭게 바라보곤 했다. 그러다 스무 살을 며칠 앞둔 어느 날, 초경이 찾아왔고 당신은 천재지변이라도 난 것처럼 화들짝 놀랐다. 기대를 접었는데 이제 사람이 되어가는 모양이라고 대견해하면서. 그 후, 집 앞까지 좇아온 사람과 일사천리로 결혼을 하고 행복한 생활을 하던 중, 그만 암 진단을 받고 말았다.

엄마는 병든 딸을 시골로 데려갔다. 공기 좋은 곳에서 마음 편하게 지내야 낫는다면서 열일 제쳐두고 온갖 정성으로 나를 간호했다. 하지만 나는 현실을 받아들이기 힘들었다. 시련을 견디기엔 너무 젊었고 해야 할 일들은 많았다. 숱한 밤을 불면으로 지새웠다.

앞날이 창창한 딸이 행여 먼저 죽기라도 할 것 같아서인지 엄마는 낮이고 밤이고 껌딱지처럼 내 옆에 붙어 있었다. 흰 보자기에 싸인 빨간 링거액이 몸 안으로 들어올 때마다 꿈을 꾸었다. 까마득한 바다 속으로 자꾸만 가라앉는 악몽이었다. 두 팔을 허우적거리며 비명을 지를 때, 누군가가 테왁처럼 나를 꽉 붙들고 있었다.

물결을 일으키며 여기저기서 사람들이 쑤욱 올라왔다. 숨비소리가 합창하듯 울려 퍼지자 갈매기가 그 곁을 맴돈다. 잠시 테왁에 몸을 걸쳐 두는가 싶더니 해녀들은 다시 물속으로 들어가 버린다. 눈 깜짝할 사이, 아무것도 없는 수면 위엔 테왁이 둥둥 떠 있다.

누워 있는 시간보다 앉아 있는 시간이 조금씩 늘어갔다. 가끔씩 엄마 부축으로 햇살 좋은 마당을 걸었다. 조금씩 나아지고 있다는 것이 느껴지자 늘 굳어 있었던 얼굴 표정도 밝아졌다. 어렸을 적, 내가 아플 때면 당신은 곰피를 잘게 채 썰어 된장에 무쳐 주었다. 그럴 때면 신기하게도 병이 나았다. 밥상에는 자주 곰피 된장이 올라왔다. 그리곤 저녁마다 따뜻하게 적신 수건으로 온몸을 찜질해주었다.

아빠의 복통이 시작된 것은 그즈음이었다. 나에게만 시선이 향해 있었던 엄마는 정작 주변을 살피지 못했다. 대소변이 원활하지 못하다고 해도 흘러들었다. "변비인가 봐요, 좀 있으면 나아질 거예요."라는 엄마의 위로완 달리 좀체 호전되지 않았다. 일주일쯤 지난 후, 급기야 응급실로 실려가 병원에 입원하게 되었다. 잠시 차도가 있는 듯하다 악화되었고, 중환자실에서 눈 한 번 맞추지 못하고 아빠는 급하게 우리 곁을 떠나고 말았다.

5년 후 완치판정을 받던 날, 반가운 소식을 전하려고 친정을 찾았다. 대문 밖으로 걸어오던 엄마가 갑자기 휘청거리며 쓰러졌다. 순식간의 일이었다. 부랴부랴 근처 병원을 찾았다. 여러 가지 검사 끝에 영양실조라는 진단이 내려졌다. 아빠가 돌아가시고 난 후에 딸을 돌보느라 제대로 식사를 챙기지 못했기 때문이었다.

일어나면 어지럼증이 생겨 엄마는 계속 누워 있었다. 누군가 간호를 해야 했지만 살아가는 일이 바쁜 형제들은 머뭇거렸다. 그나마 시간을 낼 수 있는 사람은 나밖에 없었다. 일주일에 두세 번씩, 한 시간여 거리를 오가며 엄마를 돌보는 일이 시작되었다. 회사 일이 끝나면 쉴 틈도 없이 차를 몰고 친정으로 향했다. 돌아오면 다시 집안일을 챙겨야 해서 몸이 파김치가 될 때도 있었지만, 어떡하든 견뎌내야만 했다.

처음엔 입맛이 없다며 아무것도 먹지 않던 엄마는 지극한 간호 덕분인지 조금씩 기운을 차리기 시작했다. 한 달가량 지나니 일어나 앉을 수 있었다. 그러다 스스로 숟가락을 들며 음식을 먹을 수 있었다. 엄마 손을 잡고 햇살 좋은 마당도 걸었다. 그 옛날 당신이 내게 그랬던 것처럼.

마음속에 담아두었던 오래된 사진처럼 엄마는 그즈음 빛바랜 추억을 하나씩 꺼내서 보여주었다. 아버지 자리는 늘 허전해서 지금도 곁에 없는 것이 믿어지지 않는다고 했다. 자식들 다 떠나보내고 두 분만 남아 서로 의지하며 수십 년을 살았으니 그 정이 오죽이나 각별했을까. 눈물을 찍어내는 당신 곁에서 나도 따라 훌쩍거렸다.

다시 병원을 찾아 진료를 받았다. 거의 나았다는 의사의 진단에 당신은 주름이 깊게 패도록 함박웃음을 지었다. 종종거리며 집과 친정을 오가는 일은 없어졌지만 하루에도 몇 번씩 전화로 안부를 묻고 주말이면 어김없이 엄마를 찾았다.

휴가를 내고 엄마와 오랜만에 나들이를 갔다. 아버지와 함께 두 분이 거닐었던 불국사 벚꽃 길은 잊히지 않는 추억의 장소였다. 흐드러진 꽃나무 아래서 사진을 찍고, 준비해 간 점심을 먹었다. 바람에 떨어지는 꽃잎이 엄마의 손등 위에 내려앉았다. 분홍빛 이파리를 보며 당신은 아버지가 왔다며 수줍게 웃었다.

엄마는 하루라도 내 목소리를 듣지 않으면 불안하다고 한다. 그건 나도 마찬가지였다. 병약한 어린 시절이나 항암 치료로 힘든 시간을 보낼 때 당신은 나의 테왁이었고 당신이 힘들어할 땐 내기 또 대왁이 되었다. 이제 노년의 봄을 내게 맡기며 오래 편안했으면 싶다.

작업을 마친 해녀들이 하나둘 물가로 걸어 나온다. 바구
니엔 저마다 갓 잡은 해산물이 가득 들어 있다. 서로 나누
는 즐거운 대화가 바람에 실려 온다. 어깨에 걸친 테왁 위
에서 햇살이 눈부시게 빛난다.

봉숭아 꽃물

　여름꽃들이 화단을 수놓고 있다. 맨드라미, 채송화, 수국이 저마다 자태를 뽐낸다. 그중에서도 단연 눈에 띄는 건 봉숭아다. 주홍, 빨강, 흰빛 송이 송이가 어깨동무를 하고 모여서 무슨 말을 하려는 듯 고운 혓바닥을 내민다. 엄마는 마루에 앉아 담 아래 핀 꽃들을 지그시 바라본다.

　봉숭아는 생김새가 봉황을 닮아 봉선화라고도 부른다. 자그마한 키에 뾰족한 잎은 가장자리에 잔 톱니들이 나 있다. 인도와 말레이시아, 중국 남부가 원산지이며, 우리나라에는 고려시대 이전부터 널리 심었던 것으로 추정된다. 한국인들에게는 오랫동안 친숙한 이름이다.

누군가가 도와주지 않으면 엄마는 걷지 못한다. 올봄에 식사를 마치고 일어나려다 털썩 주저앉아 버렸다. 아무리 일어나려고 해도 안 된다며 당신은 그만 울음을 삼켰다. 병원에서는 뇌경색이 오래전에 진행되었다고 하면서 방법이 없다고 했다. 처방으로 운동을 권유했지만 다리는 더 이상 일어서는 걸 기억하지 못했다.

대가족의 맏며느리로 시집온 엄마는 층층시하層層侍下에 어른들 눈치까지 보면서 종일 집안일이며 농사일에 매달려야 했다. 할아버지는 손이 베일 듯 날이 선 한복을 걸치고 향교에 나갔고, 아버지는 직장 일을 핑계로 늘 밖을 떠돌았다. 남자들이 손을 놓으니 할머니와 엄마가 그 많은 일을 감당할 수밖에 없었다. 내 기억 속 당신은 헝클어진 머리에 늘 화장기 없는 얼굴로 남아있다.

저녁 무렵 땀범벅이 되어 집으로 돌아온 엄마는 밥이며 찬거리를 장만해놓곤 고단할 텐데도 마당으로 나왔다. 담 아래 조그맣게 만들어놓은 화단에 쪼그리고 앉아 호미로 땅을 고르고 잡초를 뽑았다. 어쩌면 그 화단은 종일 힘든 일을 해야만 했던 당신의 위안처였는지도 모른다. 시집살이의 고됨과 혼자만의 눈물 같은 걸 꺼내어놓곤 다독였는지도. 봄이면 매화, 산수유, 수선화가, 여름엔 봉숭아, 맨드라미, 채송화, 가을엔 국화며 백일홍이 피어났다. 저녁 설거지를 마치고 나면 다시 화단에 나가 꽃들을 보살폈다.

장마가 끝날 때쯤 저녁, 엄마는 우리를 데리고 마당으로 나왔다. 평상에 앉혀놓곤 "오늘은 손톱에 예쁜 봉숭아물을 들이자."며 우리보다 먼저 들떠 있었다. 분홍, 빨강 봉숭아와 소금을 잘게 빻아 언니와 내 손톱에 차례로 올리곤 잎으로 돌돌 말았다. 무명실로 칭칭 감을 때면 아프다고 볼멘소리를 했지만 싫지는 않았다. "이제 내일 아침에 일어나면 손가락마다 예쁜 마법이 이루어져 있을 거야." 엄마 말을 들으며 우리는 행여 봉숭아 잎이 벗겨질까 조심하며 잠자리에 들었다.

이튿날, 아침 일찍 일어나자마자 두근거리는 마음으로 손부터 살폈다. 손가락 끝엔 정말 마법을 부린 것처럼 발그레한 봉숭아가 피어 있었다. 코끝에 대고 냄새를 맡으면 알싸한 향이 풍겨났다. 물감을 바른 것보다 더 은은하고 고왔다. 너무 기쁜 나머지, 우당탕탕 뛰어다니며 서로의 손톱에 물든 꽃물을 확인했다.

여름이 오는 길목은 분주했다. 논둑이며 밭둑마다 잡초

가 무성하게 자라 자주 제초작업을 해야 했다. 동네에서는 밤늦게까지 일꾼을 구하느라 이 집 저 집을 다녔다. 어른들은 들녘으로 나가 무성하게 자란 풀을 제거하며 물꼬를 살폈다. 혹시라도 올 태풍을 대비하기 위해서였다. 그런 중에도 벼들은 뙤약볕을 이기며 키가 훌쩍 자랐고 화단의 꽃들도 다투어 피어났다.

봉숭아 꽃물이 손톱에서 희미해질 때쯤, 가을이 왔다. 한풀 꺾인 더위는 아침저녁으로 선선한 바람을 선물했다. 우리는 점점 그믐달처럼 작아지는 꽃물을 보며 안타까운 마음이 들었다. 손톱을 깎지 않을 거라며 떼를 쓰기도 했지만, 시간이 지나면 아무리 아름다운 것도 조금씩 빛을 잃어간다는 걸 그때 알게 됐다. 엄마는 풀이 죽은 우리를 안아주며 내년엔 더 예쁘게 물들여주겠다고 했다.

'손톱 끝에 봉숭아 빨개도 / 몇 밤만 지나면 질 터인데 / 손가락마다 무명실 매어주던 / 곱디고운 내 님은 어딜 갔나.'

정태춘, 박은옥이 부른 〈봉숭아〉의 노랫말이다. 어린 시절 평상에 우리를 앉혀놓고 꽃물을 들여 주던 젊고 아름다웠던 엄마는 어딜 갔을까? 쓸쓸한 내 님의 모습이 멜로디를 따라 아련하게 떠오른다.

해마다 여름이 되면, 어릴 적 기억이 떠올라 봉숭아를 찾는다. 요즘은 주변에 벌겋게 물이 들까 염려하지 않아도 되는 제품이 나왔다. 정말 봉숭아물이 든 것처럼 색이 고왔다. 그러나 뭔가 인위적인 느낌이 들어 한 번도 그걸 발라 보려고 생각해본 적이 없다. 가끔 시골집에 있는 꽃을 몇 송이 따서 엄마가 해 준 것처럼 조심스럽게 빻아 손에 올려 두곤, 추억에 잠기는 것이 더 의미가 있었다.

엄마의 눈은 아직도 화단에 가 있다. 아마 저 봉숭아는 작년에 심었던 꽃의 씨앗들이 떨어져 개화된 것이리라. 마당으로 내려가 제일 선명한 빨간색 꽃잎을 이파리와 함께 따온다. "엄마 내가 봉숭아물 들여 줄게." 엄마는 슬쩍 손을 빼려다가 다시 내어놓는다. 주름진 손끝에 뭉툭하게 달린 손톱은 울퉁불퉁하고 거칠다. 나는 애써 눈물을 참으며 빻은 꽃잎을 손가락 끝에 조심스럽게 올려놓고 파란 잎으로 감싼 후 실을 감는다. "엄마, 내일 아침엔 이 세상에서 제일 예쁜 손이 될 거야." 예전에 엄마가 그랬듯 마법을 건다.

가을이면 저 흐드러진 봉숭아도 다 지고 없겠지. 하지만 엄마 손에 물든 꽃은 오래 피어나 있었으면 좋겠다.

'초롱한 저 별빛이 지기 전에 / 구름 속 달님도 나오시고

/ 손톱 끝에 봉숭아 지기 전에 / 그리운 내님도 돌아오소.'

노랫말 속에서 꽃보다 예쁜 당신이 웃는다.

제2부

마당 가로 낙엽이 뒹군다.
담장 위로 보이는 먼 산이
도리처럼 하늘을 떠받치고 있다.

∫인테그랄

어느 날부터 아침은 새로운 하루가 아니었다. 전날 피로가 가시지도 않은 채 책상 앞에서 머리카락을 쥐어뜯는 게 일상이 되어 있었다. 기운은 빠지고 몸은 점점 야위어 갔다. 수시로 밀려드는 좌절감과 포기하고 싶은 심정을 억누르며 오늘도 수업에 필요한 과제물을 준비한다.

한국사는 평소 하고 싶었던 공부였다. 박물관 관람을 좋아하고, 역사드라마를 즐겨 보면서 조금씩 느껴진 감정이었다. 동네 커피가게나 이웃집에 함께 모여 수다나 떨면서 나이 들고 싶진 않았다. 조금 더 유익한 것들을 배우면서 삶을 보내고 싶다는 생각이 들었다.

대학원에 덜컥, 입학지원서를 내고 나서야 걱정이 앞섰다. 우리나라 역사에 대한 전반적인 지식의 부족함이 면접에서 드러날 거라 생각하니 마음이 불안했다. 대략적인 것만을 앵무새처럼 외워 면접실에 들어갔다. 하지만 예상과는 달리 평소에 관심 있는 분야를 물었다. 순간 당황스러웠으나 얼마 전, 김해 박물관 관람 때 본 가야국이 떠올랐다. 진땀을 흘리며 자료실에서 대충 눈으로 훑었던 것을 얼버무리듯 말하고 나자 세 명의 면접관은 기다렸다는 듯 질문을 쏟아냈다. 무방비 상태에서 훅 치고 들어오는 쓰나미 같았다.

　기준에는 미치지 못했으나 가능성을 보고 입학시켰다는 말을 후에 들었다. 열심히 노력해야 한다는 것을 느끼며 수업에 임했다. 수업은 한국의 고대사, 중세사, 근현대사로 나누어졌다. 논문 요약과 발표 자료는 기본이었고 강의 시간마다 발표 후 질문을 받아야 했다. 하지만 마음과는 다르게 늘 한계에 부딪혔다. 다시 한 번 수험생 시절로 돌아가는 듯 느껴졌다.

　함께 공부하는 학우들은 모두 이십 대 중반에서 후반으로 넘어가는 청년들이었다. 자식들과 함께 공부하는 느낌이었다. 뒤처지지 않으려는 마음보다, 나로 인해 수업 진도에 방해가 되지 않을까 하는 염려 때문에 어느 순간부터 밤샘을 하고 있었다. 급기야 책상 앞에 앉아 있지 않으면 불안하기까지 했다. 체력은 서서히 고갈되어 갔고 어느 순간 한계가 왔다. 그런 와중에도 과제물을 정리하느라 책상을 벗어나지 못했다.

논문은 머리를 지끈거리게 할 만큼 전문적이었다. 평소에 접하지 않았던 낯선 용어였고 한자가 절반을 차지했다. 그러니 요약본을 해간다 한들 제대로 정리되지 않았음은 당연한 결과였다. 교수와의 불화는 계속되었다. 수업 시간마다 채근하고, 지적하고, 심지어는 자존심이 상하는 일조차 다반사였다. 마스크 아래로 눈물, 콧물이 범벅이 되어 흘렀다. 손수건으로 소리 없이 닦아내며 한없이 무너지고 있는 자존감을 꾹꾹 눌러 참았다. 수업 마치고 오는 내내 차 안에서 소리 내어 울었다.

내 오랜 일과는 아침 다섯 시 전후로 일어나 신문을 보고, 차 한 잔을 마시며, 창밖 풍경으로 오늘의 날씨를 가늠하는 것으로 시작하였다. 그러나 대학원에 다니면서부터는 이 모든 느긋함이 없어졌다. 저녁 아홉시 잠자리는 열두 시를 넘어버렸고 어느 땐 새벽으로 이어지기까지 했다. 아침의 여유는 이제 이상理想이 되어버렸다.

계속해야 하는 것일까? 여기서 그만둘까? 이전의 여유롭고 활발했던 모습은 온데간데없고 날마다 어깨가 축 처지고 위축되어 갔다. 주눅 든 내가 안쓰러웠던지 남편은, 공부를 접고 취미생활이나 하면서 편하게 지내기를 권유했다. 이러지도 저러지도 못한 채 고민은 계속되었다.

죽을 만큼 아팠던 지난날이 생각났다. 뜬금없는 암 선고, 그리고 5년여의 치료 기간, 완치된다면 이후의 삶은 나를 위해 보람차게 쓰리라 다짐했다. 그런데 지금 이렇게 나약하고 무기력한 모습으로 지쳐 있었다. 문득 투병하던 때에 비하면 지금의 상황은 아무것도 아닐지 몰랐다. 이걸 견뎌내지 못하면 앞으로 무엇 하나 이뤄내지 못할 것 같았고 두고두고 실망할 것 같았다. 그렇지만 마음 한켠을 짓누르는 힘듦은 부정할 수 없었다.

학과 사무실에 전화해서 지도교수님과의 면담을 신청했다. 그만두기 위한 수순이었다. 코로나로 인한 학부의 비대면 강의로 교수님은 서울 본가에 있어 메일로 전할 수밖에 없었다. 솔직한 심정을 담담하게 적어서 보냈다. 조금 뒤

메일이 왔다. 힘든 과정 잘 이겨내고 있으니 지금처럼만 하면 졸업도 힘들지 않을 것이라는 다독임이었다. 처음으로 전해지는 따뜻함이었다. 수업 시간마다 늘 배경 지식에 대한 질문을 수도 없이 하면서 자존감을 바닥으로 끌어내렸던 교수님이었는데.

어느 해인가 식목일 즈음에 언니가 꽃무릇을 몇 포기 주었다. 차일피일 미루다 담 아래 심어 두었다. 그 후에 싹이 나지 않아 잊어버리고 있었는데 무심히 오가던 어느 날, 빨간 꽃이 줄지어 피어 있는 것을 보았다. 무채색 벽에 그림처럼 걸린 꽃들은 나의 무관심에도 포기하지 않고 자신을 꽃피울 준비를 했던 것이다.

함께 공부하는 학우들의 논문요약본이나 발표 자료를 참고로 글쓰기 방법을 교정해 나갔다. 불필요한 언어나 주제와 관계없는 미사여구는 과감히 줄여가면서 명료한 문장 만들기를 거듭했다. 아는 것을 많이 넣고 싶어서 장황했던 부분들이 간략해졌다. 또한 발표하기 전에 관련 자료들을 찾아 배경지식을 쌓았다. 질문에 대한 대비를 철저히 하면서 조금씩 마음가짐이 달라졌다. 종강하던 날, 담당 교수님들 모두 문장에 대한 변화를 칭찬했다. 수업 마치고 집으로 돌아오는 길, 영원히 마주할 수 없을 것 같았던 종강이라는 단어가 믿어지지 않아 울컥 눈시울을 붉혔다.

지금은 방학이다. '일주일은 푹 쉬면서 아무것도 안 할 거야.'라고 했던 학기 초의 생각이 달라졌다. '하루라도 쉬면 안 돼, 조금씩이라도 해야 감이 떨어지지 않아.'라고 다짐하며 스터디반을 만들었다. 한 학기 먼저 시작했던 같은 과의 학우들이 기꺼이 함께해 주었다. 나로 인해 피해를 느끼지 않도록 모여서 토론할 책과 논문요약본을 들고 발표 준비를 한다. 이들은 이십 대의 힘찬 에너지를 전해주는 고마운 존재이다.

새로운 시도와 절망, 그리고 그것들을 극복해나가는 이러한 과정들이 조금씩 모여서 나의 유한하면서도 무한한 값을 만드는 것이리라. 훗날, 이전과는 달라진 모습을 상상하며 졸린 눈으로 두터운 책을 뒤적인다.

본편本篇

불이 꺼지자 상영예정일이 강조된 예고편이 빠르게 화면을 채운다. 박진감 있는 장면이나 흥미를 유발시킬 내용 등 일부를 보여주는 것이지만 강하게 어필이 된다. 옆에 앉은 친구가 벌써부터 예매를 하자며 귓속말을 한다.

예고편 소개가 끝나고 본편 상영 전, 영화관람 에티켓과 화재발생시 대처방법을 알리는 자막이 나온다. 그리고 암전이 된다. 오늘 볼 영화는 지난번 예고편에서 강렬하게 와닿던 우리나라의 한 시대가 배경이 되는 한국 영화다.

첫 아이 출산 때, 나는 기쁨보다 실망을 금치 못했다. 세상에 이렇게 못생겼다니. 갓난아기는 2.7kg의 표준치 이하인데다 황달기가 많이 보였다. 유난히 노란 피부며 온몸에는 태지가 심했다. 더구나 집게로 꺼낸 머리는 오징어 모양의 외계인 같았다. 바로 퇴원하지 못하고 열흘 간 병원에서 보내고 나서야 집에 돌아올 수 있었다. 그날 장손을 환영하는 박수가 집안 가득 울려 퍼졌다.

염려와 달리 아이는 잘 자랐다. 먹는 것도 왕성했으며 활발하게 움직였다. 주위의 관심을 한 몸에 받았는데, 특히 할아버지 사랑을 독차지했다. 한시도 놓치지 않고 졸졸 따라다녀 '할아버지 꼬리'라고 별명을 붙여 주었다. 지켜보던 우리 부부는 아이가 병약하지 않고 무럭무럭 잘 커 주기만을 바랐다.

아이가 초등학교 들어가기 전, 할아버지는 하늘나라로 떠났다. 사람들이 왜 저를 쓰다듬으며 우는지 영문을 모른 채 멀뚱거리며 바라보기만 했다. 그 뒤, 애지중지해주던 할아버지의 부재가 낯설었던지 평소 활달한 성격이 조금씩 내성적으로 변해갔다. 늘 혼자 놀면서 색종이로 꽃과 나무를 접거나, 작은 돌멩이와 잔솔가지로 무언가를 만들었다.

중학교 입학 무렵이었다. 당시 초등학생들 사이에 필리핀 단기유학이 유행처럼 번져나갔다. 석 달 정도 어학연수를 보내 영어에 대한 부담을 줄여보자는 학부모들의 의도였다. 가만히 있으면 괜히 뒤처지는 것 같아 서둘러 이것저것 알아보며 준비를 했다. 그때 아이는 굳은 표정으로 "외국으로 보내지만 말아 주세요, 제가 말 잘 들을게요." 하며 울먹였다. 급기야 눈물까지 보이는 아들을 차마 외면할 수 없었다.

우등생으로 잘 적응하던 아이가 그만 '중 2병'에 걸리고야 말았다. 그렇다고 밖을 돌아다닌다거나 문제행동은 없었다. 방 안에서 나오지 않고 지낼 뿐이었다. 상위권의 성적은 점점 내려오더니 바닥을 쳤다. 무슨 일인지 물어보려해도 간단명료하게 말하고 입을 닫았다.

중학교 3학년이 되자 주변에서는 학기 시작도 전에 고등학교를 알아보기 시작했다. 상급학교는 1, 2, 3순위의 성적으로 나눠졌다. 걱정되었지만 아이 곁에 가깝게 다가갈 수 없어 마음이 불안하고 초조하여 어찌할 바를 몰랐다. 다행인지 개학을 앞두고 학원 두 군데를 다닌 후, 아이는 원하던 학교에 갈 수 있었다.

제대 후 대학교 2학년에 복학한 때였다. 뜬금없이 외국으로 공부를 하러 가겠다는 것이었다. 예전, 눈물이 그렁그

령 맺힌 얼굴로 집을 떠나지 않게 해달라던 아이였다. 방에서 한참을 이야기하던 남편은 아이의 등을 토닥이며 거실로 나왔다. 지금이라도 하고 싶었던 공부를 해보겠다고 하니 응원하자며 나를 설득했다.

『죽은 시인의 사회』는 영화의 각본을 바탕으로 N.H. 클라인바움이 쓴 소설이다. 이 작품은 엄격한 규율과 고전적인 교육방식으로 유명한 아메리칸 보딩 스쿨이 배경이다. 교사 존 키팅은 학생들에게 자유로운 사고와 삶의 가치를 가르친다. 단순한 교육 이야기를 넘어 인생과 자기 발견에 대한 귀중한 교훈을 담고 있어 깊은 인상을 남긴 작품이다.

캐나다에서 일 년여의 어학연수 과정을 마치고 그곳의 대학에 합격한 후, 아이는 낙제를 받지 않기 위해 두세 시간 쪽잠으로 공부했다. 평소 해보고 싶었던 건축설계 분야였다. 가만히 생각해 보면 어릴 때 여러 가지 재료를 붙이고 잘라서 만든 작품들이 많이 있었다. 자신의 재능을 살려 그쪽으로 가기로 작정한 모양이었다.

배정된 숙소는 어학원까지 한 시간이 넘는 거리였다. 새벽부터 서둘러야 하는 먼 기리였다. 직접 도시락을 만들어 버스와 기차를 번갈아 타고 등교하다 보면 두세 시간을 훌쩍 넘겼다. 매일 레벨 테스트를 통과해야 했기에 잠은 늘 부족했다. 몇 달을 그렇게 보내고 나서 어학원 근처에 한 국인이 운영하는 숙소로 들어갔다. 좁은 공간에 공동으로 사용하는 주방과 화장실이 있는 곳이었다. 돈을 아끼겠다는 생각에 계약을 하고 나니, 툭 하면 전기가 들어오지 않았다. 밤새도록 추위에 떨면서도 말을 하지 않아 그 사실을 나중에서야 알게 되었다. 목소리가 좋지 않아 어디가 아프냐고 물어도 밝게 웃으며 전화를 끊던 아이는 그날 감기와 몸살로 앓아누웠다. 그래도 수업은 빠지지 않았다. 조금 몸을 추스르게 되면서 다른 숙소로 옮겨갔다.

시간에 쫓기듯 늘 조급해 보이던 아이는, 대학에 다니면서 조금 여유가 생겼는지 아르바이트도 하고 주변 건축물을 보러 다녔다. 학교를 졸업하고 학과와 연계된 직장에 다니면서 다양한 경험을 축적해 나갔다. 건강검진이나 필요한 서류를 준비할 때만 잠시 입국했다가 출국하곤 했다.

칠 년여의 시간이 지난 뒤, 아이는 귀국해서 건축설계와 관련된 직장을 다니고 있다. 짬짬이 시간을 내서 업무에 필요한 것을 계속 공부 중이다. 휴일이면 학원에 가서 타일공사와 도배 등 현장 일을 배우기도 한다. 자신의 직업에 투

철한 것을 보면 기특하다는 생각이 든다.

이제 아이는 예고편을 끝내고 본편을 시작하고 있다. 그동안의 힘든 시간들은 살아가면서 든든한 힘이 되어 줄 것이다. 어려운 일에 봉착할 수도 있겠지만 그럴 때마다 잘 헤쳐나가리라. 언젠가는 가우디처럼 훌륭한 건축가가 되었으면 하는 바람이다.

잠시 침묵하던 화면이 서서히 밝아진다. 드디어 본편이 시작된다. 자세를 고쳐 앉으며 스크린에 집중한다.

유리병 속의 기억들

뚜껑을 열자 동그랗게 말린 종이들이 쏟아진다. 거실 바닥은 금세 다양한 색실로 묶은 메모지로 가득 찬다. 12월 31일, 유리병에 차곡차곡 적립해둔 한 해 동안의 기억들을 펼쳐보는 순간이다.

'기억'의 사전적 의미는 과거의 사물에 대한 것이나 지식 따위를 머릿속에 새겨두어 보존하고 되살려 생각해 냄을 말한다. 요즘은 기억력을 높이기 위한 다양한 방법들이 개발되고, 치매 예방을 위해 뇌를 자극하는 실험이 많이 이루어지고 있다.

크게 변화가 없는 삶이면서도 늘 외줄 타듯 긴장으로 하루하루를 보내던 즈음이었다. 문득, 나만의 비밀스러운 이벤트를 하나 만들어 보면 어떨까 싶었다. 짧은 한 줄로 그날의 특별한 기분을 적고, 가지고 있는 지폐 중 천 원이나 오천 원, 만 원을 메모지와 함께 말아 색실로 묶었다. 그런 다음 속이 훤하게 보이는 유리병에 넣어 책상 위에 두었다. 한 해의 마지막 날 개봉해서 일 년 동안 어떻게 살았는지 돌아보고 싶었다.

어설픈 걸음으로 다가와 내 어깨를 토닥여주는 세 살 영아반 아이가 있었다. 목젖이 보이도록 웃었던 그날의 행복은 빨간 하트 모양으로 색실을 묶었다. 교수님으로부터 과제물에 대한 혹평을 들었을 때 같이 공부하는 학우가 '힘내요'라는 말을 전해왔다. 연두색 실을 묶으면서 괜히 눈물이 주르르 흘렀다. 일 년에 한 번 엄마에게 받는 세뱃돈의 즐거움도 남겼다. 잔주름만큼이나 꼬깃꼬깃한 마음을 기억하기 위해 당신이 좋아하는 분홍 색실로 매듭지었다.

기분 좋지 않은 날도 있었다. 속마음과는 다른 말로 남편에게 상처를 주었을 때는 매듭을 묶으며 미안함을 담았다. 올해는 꼭 이루리라는 계획이 작심삼일에 그치고 말았던 날은 반성으로 한 줄 메모를 채웠다. 오랫동안 함께 교

류하던 지인이 우울증 진단을 받았을 땐 실을 묶는 손끝이
떨렸다.

기쁨의 분량이나 슬픔의 감정만큼 사소한 일상들이 차
곡차곡 유리병에 쌓였다. 그건 마치 천천히 흘러내리는 모
래시계 같았다. 시간을 형상화한 것이 기억이라면 나는 어
떤 모양의 삶을 살고 있는 것일까 하는 생각이 들었다. 그
러다 보니 자연스럽게 어제보다는 더 알찬 삶을 살아야겠
다고 다짐하게 되었다.

기억을 저장하는 방식은 다양하다. 옛사람들은 그림을
그리거나 문자로 남겨두었다. 반구대암각화는 신석기시대
를 살았던 누군가가 당시의 일상을 바위에 새겨놓았다. 조
선왕조실록은 현왕現王의 명령으로 전왕前王의 기록을 수집
해 후대가 기억하도록 편찬한 것이다. 지금은, 일상의 순간
들을 타임캡슐에 넣어 땅 속에 묻어두거나 일기나 사진으
로 남겨두기도 한다. 나의 일상을 차곡차곡 저장하는 것은
고대와 현대를 혼합한 나만의 의식인 셈이다. 스스로의 사
관史官이 되어 타임캡슐 같은 유리병 안에 넣어두는 것이니.

『유리병 편지』는 베를린 장벽이 철거되지 않았을 때를
배경으로 한 소설이다. 동독에 사는 소년 마체가 유리병 속

에 편지를 써서 띄우게 되고, 서독에 사는 소녀 리카가 우연히 강에 떠내려온 그것을 줍게 된다. 자유로운 왕래가 제한되고 감시를 당하는 때였다. 너무나 보고 싶었던 두 아이는 뮤겔 호수에서 만나기로 약속하지만, 이를 알게 된 부모님의 반대로 어긋나게 된다. 그들의 진정한 사랑에 차차 마음의 문을 열게 된 서로의 부모는 편지 교환과 전화를 허락하는 것으로 소설은 마무리가 된다. 소설이 발표된 이후 베를린 장벽이 허물어졌다.

107년이 된 유리병 편지가 발견된 사례도 전해진다. 1906년에 쓴 이 편지는 미국 샌프란시스코에서 워싱턴주 벨링햄으로 가던 윌러드라는 사람이 바다에 던진 것으로 알려져 있다. 100년도 지난 이 편지의 내용은 일부만 공개가 되고 있는데, 당시 적힌 주소에 벨링햄의 철도 박물관이 위치했었다는 것도 밝혀졌다. 이후 세계인들의 관심을 끌었고 가장 오래된 편지로 기억되고 있다.

메모지를 펼치면 다사다난했던 시간들이 보이고 그 순간의 생각들이 읽힌다. 마냥 무미건조한 삶이라고 생각했었는데 아니었다. 이렇게 행복한 닐이 있었구나, 감당 못할 슬픔도 끝내 견뎌 냈구나, 새삼 느끼게 된다. 그런 나에게 열심히 살았다며 토닥거려주는 것도 잊지 않는다.

각종 미디어에서는 한 해를 정리하고 새로운 해를 맞이하기 위한 준비로 분주하다. 거리에는 울긋불긋 불빛으로 치장되었다. 시간의 흐름 속에서 다사다난했던 올해도 이제 과거 속으로 남게 된다. 나를 지탱해주었던 기억의 분신들에게 새삼 경의를 표하며 내년에는 더 아름답게 삶을 완성하리라 다짐해본다.

펼쳐두었던 메모지들을 다시 실로 묶어 유리병 속에 넣는다. 마개에 '2023년의 기억'이라 적어놓고 책장 한 켠에 둔다. 앞으로 유리병은 점점 많아질 것이다. 꺼낸 지폐를 모아 시장에 간다. 맛있는 재료를 구입해 가족을 위한 음식을 만들어야겠다. 내 소중한 기억들이 되어줘서 고맙다며.

캣맘

 현관으로 들어서자 땅콩이와 가을이가 기다렸다는 듯 반갑게 맞는다. 종일 보고 싶었는지 졸졸 따라다니다가 관심을 가져달라며 벌렁 드러눕기도 한다. 하는 수 없이 소파에 앉으니 두 녀석이 양쪽 허벅지를 베고 눕는다. 등허리를 쓰다듬어주자 어느새 스르르 눈을 감는다.

 지난해 초가을, 수업을 마치고 돌아오던 길이었다. 주차하고 집으로 올라가는데 무언가 희미한 물체가 보였다. 가까이 다가가도 움직이지 않았다. 자세히 보니 골목길에서 이따금씩 마주쳤던 길냥이었다. 얼굴은 희고 온몸이 까만 털로 덮인 고양이는 앙상한 배를 쉼 없이 할딱이며 시멘트

바닥 위에 엎드려 있었다. 집에는 십 년 넘은 땅콩이가 있어 선뜻 안고 가는 것이 고민스러웠다. 하지만 그 모습이 너무 안쓰러워 끝내 데려왔다.

캣맘Cat Mom은 길고양이들에게 먹이를 주거나 보금자리를 챙겨주는 등 돌보는 사람을 말하는 신조어다. 고양이를 사랑하는 이들은 어떻게 먹이를 주어야 하는지, 좋아하는 행동과 조심해야 할 일들이 무엇인지 유튜브로 알려주고 소통한다. 사고로 상처가 나서 움직일 수 없거나 학대를 받는 고양이라도 있으면 동물보호센터와 함께 연계해서 따뜻한 보금자리를 마련해주기도 한다.

작은아이가 중학생이 되던 해, 사춘기 아들에게 조금씩 지쳐갈 무렵이었다. 어느 날 고양이를 기르고 싶다며 분양받으러 가는데 동행하자고 했다. 평소 동물을 싫어해서 내키지 않았지만 아이와 더 이상 갈등할 수 없어 따라나섰다. 골목길로 들어서니 낯선 아가씨가 고양이를 한 마리 안고 있었다. 노란 털을 가진 녀석은 큰 눈을 깜빡이며 아들을 그윽하게 바라보았다. 친구 누나였던 그녀는 갈 곳 없는 배부른 길냥이를 보살폈는데 새끼를 낳게 되어 분양하는 중이라고 말했다.

"땅콩만큼 작아서 어떻게 해야 할지를 모르겠어요."라고 아들이 말하면서 이름은 저절로 '땅콩'이 되었다. 작은 입으로 하나씩 오물조물 받아먹는 모습이 신기해서 온 가족이 쳐다보았다. 하품만 해도 까르르, 세수를 하면 귀엽다며 감탄사가 나왔다. 고양이를 돌보면서 아이의 사춘기는 자연스레 사라졌다.

이집트인들은 고양이 머리를 한 여신에게 경배했으며, 무덤에서는 수천 마리 고양이 미라가 발견되기도 했다. 영국에선 고양이 보호에 대한 법률이 웨일스에서 통과된 936년으로 거슬러 올라간다. 어느 시대나 고양이는 여러 가지 미신과 마술에 관련되어 왔다. 과학적 근거도 없이 행운이나 불운으로 상징되었고 심지어는 마녀의 친구로 여겨져 왔다.

아이들이 자라면서 집이 조용해졌다. 타지에서 학교 다니고 외국에서 공부하느라 어느 순간 북적대던 집은 남편과 둘이서만 적적하게 보내야 했다. 우당탕탕 계단을 내려오던 큰아이의 발소리, 턱걸이를 하느라 부산스럽게 움직이던 작은아이의 숨 가쁜 소리가 사라진 집은 그야말로 적막강산이었다. 그 빈자리를 땅콩이와 가을이가 채워주었나.

가을이가 처음 우리 집에 왔을 때 땅콩이는 겁을 먹고 도망 다녔다. 가을이가 곁에 가서 몸을 비비기라도 하면 기겁을 하며 달아났다. 가끔은 털을 바짝 세워 갸르릉거리며 노려보기도 했다. 그렇게 서로 경계하더니 6개월쯤 지난 어느 날부터 땅콩이 마음이 풀렸는지 둘이 코를 맞대고 서로의 털을 핥아주었다. 함께 캣타워에 나란히 앉아 햇살을 받으며 엄마와 아가처럼 잠이 들기도 하면서 둘의 관계는 원만해졌다.

땅콩이는 자라서 어느새 덩치가 커졌다. 사뿐사뿐 걷는 걸음이 여성스럽고 늘 조심스러워 '별당아씨' 혹은 '안방마님'이라고도 부른다. 쓰윽 다가와 몸을 한 번 비비고는 카펫 위에 앉아 긴 다리를 유연하게 움직이며 제 몸을 핥을 땐 제법 도도하게 보이기도 한다. 가을이는 천방지축 아이 같다. 가만히 누워있는 땅콩이를 툭, 건드리고는 도망간다. 뒷모습도 건들건들이다. 화분의 꽃은 모조리 망가뜨리고, 거실의 좌탁 위에도, 식탁에도 저지레한 흔적들로 가득하다.

반려동물은 사람들이 가까이 두고 보살피며 기르는 동물을 말한다. 최근에는 젊은 층이나 노인 등 1인 가구가 늘어나면서 유행처럼 번지고 있다. 그중에도 개나 고양이가 대부분을 차지하고 있는데 개는 사람과 친밀도가 높은 반면, 고양이는 다소 냉소적이고 독립적이라 썩 내켜 하지 않는 이들도 많다.

동물 키우기가 성행하면서, 반대로 버려지거나 학대받는 일도 자주 발생한다. 매년 휴가철이 되면 유기되는 반려동물이 넘쳐난다고 한다. 그건 동물을 일종의 상품으로 취급하기 때문이다. 반려는 서로 교감하는 관계이지 인간의 필요에 따라 소비되는 것이 아님에도 사람들의 인식이 바뀌지 않는다. 생명을 존중하고 가족처럼 보살핀다면 그런 비정한 일은 발생하지 않을 것이다.

두 녀석은 살짝 잠이 든 모양이다. 종일 빈집에서 심심하기도 했으리라. 잠시 뒤 깨어나면 또 한바탕 소란을 피울 것이다. 요즘은 녀석들에게 위로를 많이 받는다. 아이들이 없는 적적함을 대신해줄 뿐 아니라, 우울할 땐 내 기분을 알아차리고 슬쩍 다가와 그루밍을 해준다. 언제까지 우리 곁에 머무를지 모르겠지만 인연이 되었으니 오래 같이 있었으면 좋겠다. 또 하나의 가족으로.

도리

기와 얹은 토담이 나지막하게 이어진다. 발아래 밟히는 낙엽이 고색창연함을 더한다. 행랑채에 이어진 대문을 밀자 기다렸다는 듯 마당이 마중 나온다. 사랑채를 지나 안채로 들어가 넓은 대청에 앉는다.

조선시대에 지어진 건물 '학성이씨 근재공 고택'은 울주군 웅촌면 석천마을 한가운데 자리하고 있다. 생활공간을 나눈 영역 분리가 명료하고 독립된 사당을 갖춘 건물이다. 팔작지붕의 이 집은 당시 상류층 종가의 모습을 잘 보여준다.

천장을 보니 서까래 아래쪽에 기다란 나무가 가로질러 있다. 서까래를 받치고 있는 도리로서 목조건축의 골격을 이루는 중요한 부재이다. 보통 집의 규모를 말할 때, 삼량집, 오량집 등으로 불리는 것은 도리가 몇 줄에 걸쳐졌는가에 따라서 정해진다고 한다. 학성이씨 근재공 고택의 안채는 일반적인 3량이지만 툇마루를 두었고, 사랑채는 유일하게 5량 상부 가구로 구성된 건물이다.

서까래처럼 숱하게 뻗어나가는 집안의 대소사를 거뜬히 치러내는 언니는 도리였다. 길흉사는 물론이고 형제간이나 사돈댁과의 관계에서도 이쪽저쪽을 원만하게 잘 살폈다. 아무리 힘들고 어려운 일도 지혜롭게 헤쳐나가 어른들로부터 신망이 두터웠다.

초등학교에 다닐 때였다. 아버지가 빚보증을 잘못 서게 되어 갑자기 가세가 기울었다. 우리 가족은 장남이었던 아버지를 따라 할아버지댁으로 이사를 하게 되었다. 군식구가 반가울 리 없었던 고모는 빈털터리가 된 엄마와 우리를 무시했다. 그럴 때마다 고모와 크게 터울이 나지 않는 언니가 중간에서 윤활유 역할을 해주었다.

어느 날, 언니는 당시 유행하던 가요를 녹음해 왔다. 노래를 좋아했던 고모는 키세트를 들어놓고 따라 흥얼거렸다. 부엌에 있던 엄마도 오라고 해서 함께 어울렸다. 세 사람은 커다란 종이에 가사를 적어 다 같이 불렀다. 그 후로 밭일이나 집안일을 마치면 함께 모여 노래를 부르는 시간이 많아졌다.

고모는 차츰 눈치만 보면서 기죽어 지내던 엄마에게 살갑게 대하기 시작했다. 제철 과일을 가져와 같이 먹자고 하는가 하면 마당 가득 놋그릇을 펼쳐 놓고 닦을 때면 말없이 곁에서 도와주었다. 평소와는 달라진 행동으로 엄마는 모처럼 웃음을 되찾았다. 그게 언니 덕분이란 걸 나중에 알게 되었다.

언니는 결혼 후에도 가끔씩 친정에 찾아와 우리를 보살폈다. 형부가 1년 간 해외 근무를 할 동안엔 아예 짐을 싸들고 왔다. 힘든 농사일을 함께 돕거나 부엌에서 설거지를 도맡아 했다. 바쁜 부모님을 대신해서 주말이면 어린 동생들을 데리고 들이나 강으로 나가 함께 놀았다.

어느 때, 대가족이라는 이유로 동네에서 단체로 사용하던 수도 요금을 엄청나게 부과시켰다. 이장은 합리적인 근거도 없이 사람이 많으니 당연히 그래야 한다며 강요했다. 언니가 수도 계량기에 표시되어 있는 숫자와 동네 가구 수를 적어 요목조목 따져가며 계산법을 제시하니 더 이상 아무 말도 하지 못했다.

　도리는 단면 형태와 놓인 위치에 따라 명칭이 다르다. 서민들의 민도리집에서는 단면이 네모 모양인 방형 도리를 많이 써서 이를 납도리라고 한다. 양반 주택에서는 사랑채와 안채 등 중요 건물은 단면이 원형인 굴도리를 즐겨 쓴다. 위치에 따라서도 구분해서 부르는데 가장 높은 곳인 용마루가 있는 부분에 놓이는 것을 종도리, 건물 외곽의 평주 위에 놓이는 것을 처마도리 또는 주심 도리라고 한다. 이러한 도리는 서까래를 타고 내려온 지붕 하중을 어떤 부재보다도 먼저 감당하게 된다.

　형부가 둘째인데도 언니는 시댁에서 맏이 역할을 했다. 재산을 탐냈던 언니의 큰 동서가 자신이 원하는 대로 되지 않자 돌연 연락을 끊고 지냈기 때문이었다. 형부는 항상 그것을 고마워했다. 부산에 살면서도 울산에 있는 시댁을 자주 찾아와 시부모를 챙겼다. 함께 나들이도 다니고 맛있는 음식을 만들었다. 그러자 발걸음이 뜸했던 시누들이 다시 찾아오면서 집안에 활기가 넘쳐났다.

　건강한 체구의 이비지가 며칠 동안 음식을 제대로 소화시키지 못하는 상황이 생겼다. 무슨 일인지 모르겠다는 엄마의 전화에 언니는 한걸음에 달려가 검진을 받게 했다. 진단 결과 위암이었다. 수술을 받고 처방과 치료를 병행하는 동안 병원에 함께 다니면서 지극정성으로 보살폈다. 그러나 헌신적인 간호에도 불구하고 5년 뒤 돌아가시고 말았다.

엄마는 크나큰 슬픔에 빠졌다. 제대로 음식을 먹지 못해 농사일도 할 수 없었다. 언니는 바쁜 와중에도 수시로 시골집을 찾아 농사일을 했다. 배추며 마늘, 감자를 심었고 벼농사도 척척 해냈다. 그러던 어느 날 엄마가 영양실조로 쓰러졌다. 조금 회복되었을 때 언니는 가족여행을 제안했다. 멀지 않은 곳에 한옥 숙소를 잡아 딸들과의 시간을 만들었다. 오랜만에 만난 자식들의 수다에 엄마는 행복한 웃음을 지었다.

다시 한 번 천장을 올려다본다. 부산하던 근육질의 서까래는 도리에 이르러서야 비로소 고요해지는 것 같다. 그 많은 우여곡절을 다 품고서도 저렇게 당차 보이는 건 보이지 않는 어떤 저력 때문이리라. 그리고 보면 학성이씨 근재공 고택이 수백 년 그 당당함을 지탱해올 수 있었던 것은 도리의 힘인지도 모른다.

바람 한 줄기 무심하게 불어온다. 마당 가로 낙엽이 뒹군다. 담장 위로 보이는 먼 산이 도리처럼 하늘을 떠받치고 있다. 가을이 아까보다 조금 더 깊어진다.

슬도瑟島

둥기둥 둥기, 바람이 거문고를 연주한다. 중모리장단에 불가사리와 소라 고동, 돌고래가 어깨를 들썩인다. 소리는 파도가 바위에 부딪히면서 높아졌다 낮아졌다를 반복한다. 귀를 열면 풍경이 아스라이 들려오는 곳, 슬도가 눈앞에 보인다.

슬도瑟島는 자그마치 120만 개에 이르는 구멍을 가지고 있는데, 그건 수백만 년에 걸쳐 돌맛조개가 만든 것이라고 한다. 그곳으로 드나드는 갯바람과 파도 소리가 마치 거문고를 연주하는 것처럼 구슬프게 들린다 하여 붙여진 이름이다. 또한 바다에서 보면 시루를 엎어 놓은 것 같다고 해

서 시루섬, 섬 전체가 왕곰보돌로 덮여 있어 곰보섬이라고
도 불린다.

거문고 소리는 천천히 중모리에서 느린 중모리로 바뀐
다. 그새 바람이 좀 잦아든 모양이다. 바다를 향한 나무의
자에 걸터앉자 갈매기 울음소리가 쪼르르 내 발밑에 내려
앉는다. 멀리 흰 구름이 피어나는 수평선 위로 배 한 척이
지나간다.

처음 슬도를 찾은 건 수년 전이었다. 마음에 구멍이 숭숭
뚫려 누구에게도 말하지 못할 만큼 아린 날이었다. 어머님
과의 일로 남편과 이야기를 나누다 결국엔 서로에게 하지
않아야 할 말을 하게 되었고, 어지러운 발걸음이 닿은 곳이
슬도였다.

는개비가 내리기 시작할 즈음 몸이 으슬으슬해졌다. 바
삐 나오느라 겉옷을 챙겨 입지 않고 온 것이었다. 집으로
돌아와서는 지독한 몸살로 며칠을 몸져누워야 했다. 그때
꿈인 듯 생시인 듯 어떤 소리 같은 게 심연에서 들려왔다.
어쩌면 슬도가 내 안에 들어와 나 대신 울어준 것인지도 몰
랐다. 일주일 뒤, 몸을 추스르고 일어나 다시 일상을 시작
할 수 있었다.

몹시 가난했던 백결선생은 오직 거문고만 사랑했다. 해진 누더기옷이 백 번을 기웠다고 해서 백결이라 불렀다. 모든 희로애락을 거문고로 풀었던 그는 어느 해, 집집마다 울리는 떡방아 소리를 듣고 부인이 근심하자 거문고로 방앗공이 소리를 내어 위로했다고 전해진다.

만학도의 길은 개강 첫날부터 삐걱댔다. 수업시간에 제대로 대답도 하지 못하고 엉망진창이 되어버렸다. 그 속상함에 다시 이곳을 찾았다. 돌아보면 슬도를 찾은 날이 많았다. 아이들 장래가 고민되었을 때, 누구보다 친했던 친구가 나의 진심을 몰라주었을 때, 여동생을 위로하느라 함께 왔던 때 등. 그때마다 내 얘기를 가만히 털어놓았고 슬도는 자신을 연주해서 나를 위로해주었다.

거문고 소리는 이제 진양조가 된다. 바람도 고요해지고 일렁이던 파도도 잠잠해졌다. 내 마음도 차분해진다. 누구든 처음엔 다 힘들고 어려운 법이다. 그 고비를 헤쳐 나가지 못하면 다시 실패에게 자리를 내어주고 만다. 어차피 늦은 나이에 시작한 공부이니 차분히 앞으로 나아가리라 다짐해본다.

슬도를 품고 돌아선다. 이런저런 이유로 찾아올 때마다

내치지 않고 묵묵히 내 얘기를 들어준 고마운 친구다. 다음에 올 때는 내가 좋아하는 프리지어꽃 한 다발을 들고 와야겠다. 연주가 끝나면 브라보! 그에게 선물하리라.

스마트 포투

　빗소리가 자글자글 창밖을 넘어오는 오후, 화전花煎을 굽는다. 찹쌀 반죽을 둥글게 편 후 그 위에 사뿐히 분홍 진달래 꽃잎을 얹는다. 숟가락으로 반죽을 펴면서 뜨거움을 피해 최대한 얇게 모양을 만든다. 프라이팬 기름이 자글자글 끓어오르며 꽃잎 속으로 스며든다.

　간절하게 하고 싶은 것도, 절실하게 가지고 싶은 것도 없는 무료한 일상이 계속되고 있었다. 삶은 일일드라마처럼 시큰둥했고 습관처럼 권태를 섞은 에스프레소를 홀짝거리던 어느 날이었다. 무심코 인터넷을 검색하다 빨갛고 작은 외제 차 한 대가 번쩍! 눈에 들어왔다. 한 번도 본 적이 없는 낯선 이름이었고, 수입조차 되지 않았던 차였다.

그때부터 가슴앓이가 시작되었다. 우연히 화면으로만 보았던 차를 구입하고 싶어 안달인 내가 스스로도 어처구니 없었다. 사춘기 소녀 때처럼 날마다 애간장을 태우며 그 차에 대해 알아보기 시작했다. 이름이며 제원, 제조사 등. 머릿속으로 온갖 상상을 하며 짝사랑을 앓았다.

이쪽저쪽에 부탁을 넣었고 반년쯤 후에 지인의 연락이 닿았다. 그토록 타고 싶었던 빨간색 작은 차가 내 앞에 당도했다. 새끼손톱처럼 앙증맞은 차, 진달래꽃잎처럼 작은 차. 2014년식 '스마트 포투', 2인승 승용차로 999cc이며 지금은 단종된 차량이다. 귀여운 모습과는 달리 컥컥 엔진 소리가 유난히 크고, 조작하는 것 모두가 아날로그 방식이라 불편했다. 하지만 나의 뜨거운 애정을 온통 한 몸에 받기엔 손색이 없었다.

스마트 포투와 함께 대중교통의 번거로움으로 마음 내지 못했던 곳을 다녔다. 근교의 박물관이며 미술관, 그리고 전시회 소식이 있는 조금 먼 거리의 장소까지. 햇살 쨍쨍한 날이면 교외로, 흐린 날이면 바다로 나를 데려갔다. 우리는 흡사 오래된 연인처럼 함께 했다. 대문 밖에 주차해두고 나

혼자 집 안으로 들어갈 땐 애완견처럼 같이 있지 못하는 것이 미안했다. 스마트 포투는 화전의 꽃잎처럼 내 건조한 일상 위에 맛깔스럽게 얹혀졌다. '네가 오지 않았다면 나는 무엇으로 외로움을 달랬을까?'

창밖에는 여전히 비가 내리고 있다. 오랜만에 내리는 봄비는 촉촉하게 도시의 풍경을 적신다. 창가에 앉아 노릇하게 구워진 화전을 한 잎 베어 먹는다. 입 안에 꽃 향이 가득 번진다. 꽃잎 하나를 얹었을 뿐인데 이렇게 예쁘고 식감도 배가 되다니. 차마 다 베어 먹지 못한 화전 너머로 싱그런 봄이 피어난다.

'오늘은 어디를 갈까?' 문득, 밖에서 비를 그으며 기다리고 있을 내 친구에게 묻는다. '연못가에 색색의 튤립이 느낌표처럼 피어 있는 공원으로 가요.' 나는 서둘러 빨간 스웨터를 걸치고 문밖으로 나선다.

세우細雨

흐린 하늘에서 보슬비가 내린다. 어떤 이는 종종걸음으로, 누군가는 느긋하게 거리를 지나간다. 활짝 열어 두었던 가게 문이 서둘러 닫힌다. 우산을 꺼내 펼치자 빗방울이 머리 위로 모여든다. 이렇게 세우가 내릴 때면 교복이 젖도록 비를 맞으며 걸었던 때가 생각난다.

시내에서 학교를 다니다 할아버지가 계신 외곽지역으로 이사를 하게 되었다. 모든 게 낯설었다. 그중에 가장 번거로웠던 것은 버스를 타고 한 시간여 동안 걸어야 하는 등하굣길이었다. 인근에 중학교가 있었지만 할아비지는 님녀 공학이라는 이유로 보내주지 않았다. 날마다 사십 분을 걸어 버스를 타야 했다.

중학생이었던 나는 까무잡잡한 피부에 몸집이 유난히 작았다. 그래선지 고등학생들이 대부분이었던 버스에서 관심과 보호의 대상이었다. 가방을 받아주는 오빠가 있는가 하면, 의자 앞으로 밀어주는 언니들이 많아서 나름대로 힘들지 않게 학교를 다닐 수 있었다.

어느 날, 콩나물시루 같았던 버스 출입문 쪽에 자리를 잡고 손잡이에 불안하게 기대고 있었다. 겨우 균형을 잡고 있을 때였다. 다음 버스 정류장에서 나만큼 작은 남학생이 탔다. 얼굴이 유난히 하얗고 눈이 큰 아이였다. 얼떨결에 넋 놓아 보다가 눈이 마주쳤다. 남학생은 얼굴이 붉어졌고, 나는 가슴이 콩닥거렸다. 순식간의 일이었다.

이튿날부터, 버스를 타게 되면 항상 출입구 쪽에 섰다. 다음 정류장에서 남학생이 타기를 마음속으로 기도하면서. 행여 마주치지 못하는 아침이면 하루 종일 힘이 쭉 빠진 채 보냈다. 버스가 정차할 때마다 차창 밖으로 고개를 내밀고 오늘은 버스를 탈까 두리번거렸다.

비는 그칠 듯 말 듯하면서도 계속 내린다. 내 옆으로 남자가 빠르게 걷는다. 그러다 들고 있던 신문을 펼쳐 머리 위로 가져간다. 뒷모습에서 분주함이 느껴진다. 가로수 아래 서서 하늘을 올려다본다. 조금씩 짙어지는 회색 구름이 옅은 빗방울 사이로 보인다. 주변을 둘러본다. 무채색의 풍경이 도시를 채운다.

마을버스가 아침, 저녁으로 두 번 있었지만 나는 굳이 철길 건너 이웃 마을을 거쳐 한참을 걸어야 보이는 큰 도로를 고집했다. 평소에는 걷기 싫어해 꼼짝도 하지 않으면서 행여 그 아이를 만날까 싶어 먼 길을 마다하지 않았다. 모내기 끝낸 논둑 사이를 걸으며 희망의 주문을 중얼거렸다. 이 길 어딘가에 그 아이가 서 있을 거야. 미루나무처럼 푸르게. 남학생이 버스를 타던 동네 앞에선 한참이나 서성거렸다.

서너 달이 지났다. 버스만 탔다 하면 나도 모르게 가슴이 쿵쿵거렸다. 긴 호흡을 해봐도 소용이 없었다. 어떤 날은 그 애를 만날 수 있었고 어떤 날은 보이지 않았다. 만나지 못하는 날은 하루 종일 공부가 머리에 들어오지 않았고 어쩌다 만난 날에는 설렘으로 온통 하루를 보냈다.

방학이 시작되던 날이었다. 버스에서 내려 집으로 가고 있는데 조금씩 비가 내리기 시작했다. 예진 같으면 십으로 전화를 해서 엄마를 불렀을 것이다. 그러나 그날은 혼자

걷고 싶었다. 조금씩 남학생에게 젖어가고 있는 생각을 들키기 싫었다. 온통 비에 젖은 풍경을 따라 걷다 보니 어느새 집에 도착해 있었다. 그날, 밤새도록 신열에 시달려야 했다.

'소년은 저도 모르게 주머니 속 호두알을 만지작거리며, 한손으로는 수없이 갈꽃을 휘어 꺾고 있었다. 그날 밤, 소년은 자리에 누워서도 같은 생각뿐이었다. 내일 소녀네가 이사하는 걸 가 보나 어쩌나, 가면 소녀를 보게 될까 어떨까.' 황순원의 「소나기」에 나오는 내용이다.

밤새 고민하던 소년처럼 식은땀을 흘리면서도 남학생을 못 보게 될까 봐 고민했던 나는 소나기의 소년이 되어 있었다. 어느새 여름이 끝나가고, 계절이 지나가듯 그 아이도 나를 스치고 지나갔다. 그리고 다시는 볼 수 없었다. 행여나 버스가 정차할 때마다 습관적으로 고개를 돌려보았지만 스산한 가을만 낙엽처럼 흩날리고 있었다.

찔레꽃 향기처럼 아릿한 기억 속의 남학생은 어쩌면 내 첫사랑이었는지도 모르겠다. 이름은 무엇이었을까? 결혼은 했겠지? 그때 용기를 내서 한 마디라도 건네 볼 걸, 왜 바보같이 아무 말도 못했던 걸까?

거리에 하나둘 불이 켜진다. 불빛 사이로 비의 실루엣이 채색된다. 저기 모퉁이를 돌아가는 버스 차창에 그 아이의 모습이 잠시 어른거리다 사라진다. 천천히 비가 그친다.

워맨스 womance

"엉망이었어!"

그녀는 어제 봤던 면접을 떠올리며 고개를 절래절래 흔든다. 그리곤 헝클어진 머리카락을 쓸어 올리며 멋쩍게 웃는다. 아직 젊어서 업무에 대한 자신감이 충만한데도, 함께 면접 본 스무 살 어린 사회초년생 앞에선 한없이 작아지더라며 씁쓸레한다.

친구는 대학 다닐 때부터 아르바이트를 쉬지 않았고, 졸업해서는 어린이집 교사로 십여 년을 근무하다 휴식 차 지난해 퇴사했다. 한 달 동안 아무것도 하지 않다가 아동교육에 필요한 부분들을 하나씩 익혀나갔다. 아동심리, 발달단

계별 교수 방법, 그리고 장애인 통합교육 등의 과정을 끝낸 후 다시 일을 하고 싶었는데 주눅이 들고 말았다는 것이다. 쉴 새 없이 늘어놓는 이야기와 한숨 섞인 자조에 추임새를 넣으며 들어주었다. 예전에 내 고민을 수도 없이 받아주었던 것처럼.

워맨스womance는 여자들간의 친밀한 관계를 이르는 말이다. 반대의 의미로 남성 간의 우정을 의미하는 브로맨스 bromance가 있다. 모두 이성 간의 사랑이 아닌 동성 간의 관계를 일컫는 신조어이다. 깊은 우정은 때로 사랑보다 더 큰 가치를 가지기도 한다.

영화 〈바그다드 카페〉는 황량한 사막 한가운데 있는 낡고 작은 카페에서 일어나는 이야기를 잔잔하게 펼쳐준다. 고장 난 커피 머신과 곳곳이 먼지투성인 이곳에 드나드는 사람들은 가끔씩 지나가는 트럭 운전사들뿐이다. 어느 날, 남편에게 버림받은 야스민이 머물게 된다. 그녀가 독학으로 배운 마술을 손님들에게 선보이면서 카페는 저녁마다 손님들로 북적인다. 시큰둥했던 카페 주인 블렌다도 조금씩 마음을 연다.

시간이 지나 관광비자 만료로 야스민은 어쩔 수 없이 독

일로 돌아간다. 다시 카페는 조용해지고, 블렌다는 무기력한 모습으로 가게 앞 낡은 소파에 누워 하루하루를 보낸다. 며칠이 지나 야스민이 다시 찾아온다. 블렌다는 수다쟁이가 되어 쉴 새 없이 말을 하면서 그녀의 손을 놓지 않는다. 바그다드 주유소 카페는 야스민의 마술쇼처럼 사랑이 가득하게 되고, 두 사람의 우정은 더욱 친밀해진다.

'이눅슈크'는 2010년 벤쿠버 동계올림픽 공식 로고다. 캐나다 북극에 살고 있는 인디언인 이누이트 부족들 언어로 '친구'라는 뜻을 가지고 있다. 인체를 모방한 돌무지며 사람이 팔을 벌리고 있는 형상의 이 조형물은 주요 명소 곳곳에 기념비처럼 세워져 있다. 또한, 길을 찾는 이정표나 음식저장소, 사냥터를 표시하기도 한다.

그녀를 만난 것은 직장에서였다. 처음 입사해 낯가림이 심한 나에게 여러 가지 업무를 친절하게 설명해주면서 가까워지게 되었다. 그러다 가끔씩 차를 마시며 잡다한 가정사는 물론, 속 깊은 얘기까지 나누었다. 서로 표정만 보면 무슨 일이 있었는지, 기분이 어떤지를 알게 될 만큼 가까워졌다.

쉬는 날이면 근교에 있는 박물관이나 미술관을 함께 다

넜다. 이른 아침에 만나 조조 영화를 보거나 어떨 땐 바닷가에 오래도록 앉아 이런저런 두서없는 이야기를 나누었다. 갑자기 아버지가 돌아가시고 난 후, 힘들어하는 나에게 날마다 손편지를 적어 위로해주기도 했다. 직장에서 만난 우리는 사회적 관계로 시작되었지만 오랜 친구 같은 우정을 주고받으며 지냈다.

대학원에 원서를 내면서 그동안 다니던 직장을 그만두었다. 그러면서 그녀와의 만남도 줄어들었다. 늘 분주했던 아침이 느슨해져 무언가 나사가 빠진 것처럼 두어 달을 보냈다. 그러다 개강이 되고, 바쁜 학교생활에 적응하려 날마다 도서관에 머물면서 자연 그녀와의 만남도 소원해졌다.

그러던 어느 날, 친구에게서 연락이 왔다. 따뜻한 커피 한 잔이 마시고 싶다고. 그동안 심경의 변화, 괜한 섭섭함으로 힘들었다는 그녀는 어색한 웃음을 지었다. 오해해서 미안하다는 말을 듣자 오히려 내가 겸연쩍어졌다. 다시 우리는 수다쟁이가 되었고 수업이 없는 날은 함께 학교 교정에 앉아 이야기를 나누었다.

'먼리서 친구기 찾아오니 그 또한 즐섭지 아니한가.'는 『논어』 첫머리에 나온다. 공자의 인본주의 철학을 잘 드러내는 말이라 할 수 있다. 헬렌 켈러는 '어둠 속에서 친구와 함께 걷는 것이 빛 속에서 혼자 걷는 것보다 낫다.'라고 했다. 늘 곁에 있다 잠시 멀어진 그녀가 새삼 정겹게 느껴졌다.

이성 간의 사랑도 아름답지만 때론 동성 간의 관계도 그에 못지않게 순미純美하다. 나이가 들면서 블렌다와 야스민처럼 우정이 중요한 위안이 되어 주는 것 같다. 아무런 말을 하지 않아도, 옆에 앉아서 내 이야기를 들어주는 벗이 있음이 얼마나 행복한 일인지를. 그것은 언제나 마술쇼처럼 기분 좋은 일이 생기게 해준다.

포획위성

5, 4, 3, 2, 1. 엔진 점화, 이륙.

드디어 누리호가 발사되었다. 그 광경을 보려고 둘러선 사람들이 환호성을 지른다. 땅을 박차고 우주를 향해 오르는 로켓이 장엄한 광경을 연출한다. 누리호가 제 궤도에 제대로 안착하기를 바라며 TV 화면에서 눈을 떼지 못한다.

위성은 로켓에 의해 쏘아 올려 지구 주위를 공전하는 인공물체를 말한다. 목적과 용도, 기능에 따라 다양한 종류로 분류되는데, 과학위성, 통신위성, 군사위성, 기상위성으로 나누어진다.

관측위성은 지구 관측, 천문학 연구, 지리 정보시스템 등에 활용되며, 통신위성은 전 세계적인 인터넷, 전화 통화, TV 방송 등에 사용된다. GPS로 정확한 위치 정보를 알 수 있고, 탐사 위성으로 다른 행성이나 우주의 다양한 천체를 조사하기 위해 사용된다. 또한, 통신, 날씨 예보, 항공 및 해상 교통, 환경 모니터링 등 다양한 분야에서 중요한 역할을 한다. 군사위성은 군사 관련 목적으로, 기상위성은 대기 조건을 모니터링하여 날씨 예보의 정확도를 높이는 한편, 항공 및 해상교통의 안전과 효율성을 크게 향상시킨다.

대한민국 최초의 인공위성은 1992년 발사한 우리별 1호이다. 이후 2010년 개발 사업에 들어가 2018년 본격적인 비행모델이 제작되었고, 2021년 최종조립이 완료되었다. 2022년 2차 시험발사에 성공한 후 2023년 지구관측위성 등 실용위성을 탑재해 성공적으로 이루어졌다. 누리호는 한국항공우주연구원이 KSLV 계획에 따라 2022년 개발하여 운용 중인 로켓이다. 대한민국 최초의 저궤도 실용위성 발사용이며 이로써 한국은 세계 11번째의 자력 우주로켓 발사국이 되었다.

세계 최초의 인공위성은 1957년 소련이 쏘아올린 스푸트니크Sputnik 1호다. 무게 83.6킬로그램, 지름 58센티미터의 구형 몸체에 4개의 안테나를 장착시켰으며, 지상에서 228~947킬로미터 떨어진 타원형 궤도를 돌았다. 인류가 우주 공간으로 보낸 최초의 이 물체는 본격적인 우주 개발의 시대를 열게 했다. 점점 기술이 발달하면서 현재는 많은 나라에서 인공위성을 개발하고 있다. 미국, 러시아 외에 독자적으로 발사한 나라는 프랑스, 영국, 일본, 중국, 인도, 이스라엘 등이다. 이렇게 쏘아 올린 개수는 2022년 현재 14,710개라고 한다.

위성의 역사가 60여 년이 넘으면서 문제가 발생하였다. 고장 나거나 실종되면 바로 우주쓰레기가 되는데, 위성 파편, 우주선 부품, 로켓 단계 등이 이에 포함된다. 이런 물체는 지구 근처의 궤도나 근궤도 주변에 위치하며 고속으로 움직이는 특성을 가지고 있다. 인공위성과 우주선의 운행에 영향을 미치며 우주 탐사 임무에도 위협이 될 수 있다.

포획위성은 쓸모가 없어진 우주쓰레기를 붙잡아 지구 대기권으로 재진입시켜 제거하는 역할을 하는 위성을 말한다. 임무를 마친 위성을 소각시키는 것도 가능하고, 위성에 연료를 보급하거나 수리해서 수명을 연장하는 용도로도 주목받고 있다.

지구가 척박해지고 사람이 살 수 없는 황무지가 되어 버린 2092년은 영화 〈승리호〉의 배경이다. 지구가 오염되어 사람이 거의 살 수 없게 되자 UTS사는 지구 위성궤도에 인류의 새로운 보금자리를 만들었지만, 선택된 소수만이 거주할 수 있다. 잔해와 버려진 위성들로 가득 찬 우주의 광대하고 위험한 상황 속에서 우주쓰레기 수집선 '승리호'의 선원들은 궤도에서 쓰레기를 처리하면서 살아간다. 사고 우주정을 수습하던 중 만난 대량살상무기 로봇, 지구를 위협하는 기업(UTS)의 무자비하고 야심찬 야망에 '승리호'의 선원들은 맞서게 된다. 개인의 평화와 우주의 희망을 보여 주며 막을 내리는 영화에서 메시지는 강력하게 전해진다.

시시각각으로 변하는 마음의 동요는 갱년기도 아닌데 변화가 심하다. 의욕 있게 시작했던 일들이 시들하게 느껴지고 모든 게 의미가 없어진다. 절친했던 사람들과의 관계가 점점 소원해져 핸드폰의 다양한 알고리즘만 따라다닌다. 엄마는 병원 밥이 먹기 싫다며 매일 집밥을 강요한다. 속상해하면서도 도시락을 챙기다 보면 다시 측은해진다. 내 감정 쓰레기들도 시간이 지나면 필요가 없어지는데 무슨 미련인지 버리지 못하고 있다.

포획위성이 하나 있으면 좋겠다. 다종다양한 감정들끼리 충돌하는 힘든 순간, 슈퍼맨처럼 나타나 복잡한 감정을 쓸어가주면 얼마나 수월할까. 필요 없는 감정 덩어리들이 한꺼번에 사라진다면 삶은 훨씬 명쾌하고 단순해지리라.

누리호 발사 43분 뒤 남극 세종기지 기지국에 생존 신호(바콘 신호)가 수신됐다. 목표 궤도에 제대로 위성을 올려놓았다는 증거다. 누리호에 탑재되었던 큐브위성(꼬마위성)들도 잇따라 생존 신호를 보내온다. 나도 모르게 환호성이 터진다.

파란 샌들

삼월이 왔다. 바람은 아직도 쌀쌀하지만, 겨울 동안 입었던 두꺼운 외투며 긴 부츠를 벗어버리고 싶은 건 아마도 봄을 기다렸기 때문일 것이다.

긴 생머리에 얼굴이 낮달처럼 뽀얀 친구가 있었다. 성격 또한 밝아서 주변에 친구들이 많았다. 고3 학기 초, 그녀는 소심해서 친구도 없던 내게 먼저 다가와 가깝게 지내자고 말했다. 그날부터 우리는 세상에 둘도 없는 사이가 되었다. 꽃잎이 흩날리는 교정에서, 하굣길에서 팔짱을 끼고 다니며 서로 우애를 다졌다. 다른 아이들은 그런 우정을 질투하기까지 했다.

어느 날, 늘 그랬던 것처럼 친구의 집으로 갔다. 그녀는 나를 가만히 거실에 앉혀놓고 방에 들어가더니 뒤에 뭘 숨기며 나왔다. 그러더니 예쁜 꽃무늬가 새겨진 샌들을 내어 보였다.

"같은 걸로 샀어. 너랑 나랑 같이 신고 다니자 알았지?"

친구는 내게 파란 샌들을 내밀었다. 순간 너무나 당황스러웠다. 평소 나는 아버지를 닮아 못생긴 발을 애써 감추려 했다. 친구에게도 맨발을 보여준 적이 없었다. 얼떨결에 샌들을 받아들고 집으로 왔지만 한 번도 신어볼 수가 없었다. 친구는 매일 "맘에 안 드느냐? 왜 신지 않느냐?"며 볼멘소리를 했다. 그때마다 이런저런 핑계로 다음에는 꼭 신고 오겠다 얼버무리며 위기를 넘겼다.

친구는 발이 참 예뻤다. 파란 샌들 위로 쏙 나온 가지런한 발가락들이 앙증맞고 고왔다. 가끔은 언니의 분홍색 매니큐어를 살짝 칠한 것도 정말 부러웠다. 그럴수록 뭉텅한 발가락이 늘 부끄러웠고 싫었다. 꼭 동여맨 운동화에 발을 숨기고 싶었던 마음처럼, 자연 친구로부터 조금씩 멀어지게 만들었다. 샌들을 신고 친구 앞에 서고 싶었지만 내 자존심은 그걸 허락하지 않았다. 끝내 샌들을 신은 모습을 보여주지 못한 채 졸업하고 말았다.

결혼하고 시간이 많이 흐른 어느 날이었다. 그 친구로부터 만나고 싶다는 연락이 왔다. 이젠 나에게도 그런 콤플렉스쯤은 아무렇지도 않을 만큼의 여유와 연륜이 생겼던 것일까. 나풀거리는 주름치마를 입고, 하얀 샌들을 신은 채 친구가 사는 경주로 갔다. 저만치 손 흔들며 나를 반기는 그녀는 세월이 흘렀는데도 변함없이 하얀 얼굴에 고운 모습이었다. 우리는 손을 맞잡고 반가워 어쩔 줄 몰랐다. 여전히 맑고 순수한 친구의 환한 목소리가 풋풋했던 여고생 시절로 돌아가게 만들어 주었다.

그러다 문득, 나의 옷매무새를 살피더니 발에 시선을 멈추었다. 나는 꼼지락거리며 자꾸만 샌들 속으로 발가락을 숨겼다. 그녀는 "괜찮아" 하며 다 안다는 듯이 손을 잡더니 신발 가게 앞으로 데리고 갔다. 예전에 선물한 샌들을 아직도 기억하고 있는지 그중 하나를 골라 들고 내밀었다. 이거면 되겠냐는 표정 앞에 살짝 발을 내밀었다. 주인아주머니와 함께 내 발을 이리저리 돌려보고 몇 켤레의 샌들을 더 고르더니 파란 샌들을 신겨 놓고는 손뼉을 쳤다. 괜히 무안했지만 오늘만은 친구가 하자는 대로 하고 싶었다. 그녀가 선물해준 샌들을 신고 경주 시내를 소녀처럼 거닐었다.

우린 다시 여고생 때처럼 자주 만났다. 그동안 하지 못한 얘기가 그렇게 많았는데 어떻게 떨어져 살았는지 모르겠다며 수다를 떨었다. 그녀는 내게 무엇이든지 해주고 싶어 안달이었다. 친구를 만나는 날은 더할 나위 없이 행복했다.

그러던 어느 해 가을이었다. 친구는 두 장의 건강검진 티켓이 생겼다며 같이 병원에 가서 검진을 받자고 했다. 마침 건강검진을 받으러 가 볼까 하고 생각했던 터라 흔쾌히 응했다. 함께라면 두려움도 없을 거라는 위로를 주고받으며 검사를 마치고 나왔는데도 친구는 진료실에서 의사와 계속 상담중이었다. 궁금한 마음에 간호사에게 물었지만 말을 아끼며 미안한 표정을 지었다.

불길한 예감이 스쳤다. 나는 궁금증을 참지 못해 문에 귀를 대고 대화를 엿들었다. 위암 말기 의심이라며 빨리 큰 병원으로 가 보라는 작은 소리는 확성기가 되어 또렷하게 들렸다. 믿을 수가 없었다. 다리가 떨려 더 이상 서 있을 수 없었다. 대기실 의자에 털썩 주저앉아 몸을 추스르고 있을 때 친구가 나왔다. 별일 없었다는 듯 맛있는 식당에 가서 점심을 먹자며 손을 잡아당겼다. 나를 달래려고 태연한 척하는 친구에게 난 아무 말도 못했다. 그녀가 이끄는 대로 안개처럼 흐릿해진 거리로 휘청휘청 걸어 나왔다.

그로부터 채 석 달이 지나지 않아 친구는 영원히 내 곁을 떠났다. 유난히 샌들을 좋아해 내게 두 번이나 선물을 했는데, 마지막 날 정작 그녀는 맨발이었다.

다시 봄이다. 아직은 이르지만 파란 샌들을 꺼내 신어본다. 문득 까르르 웃음소리가 들린다. 뭉툭한 내 발가락이 세상에서 제일 예쁘다고 말하는 그녀의 목소리가 푸른 하늘보다 더 맑다.

제3부

엄마가 내 쪽으로
김을 매며 오고 있다.
밭이랑이 둥글게 부풀어 오른다.

빨강에 취하다

 붉은색 매니큐어를 손톱에 바른다. 처음엔 연한 색이다가 두어 번 거듭할수록 점점 진한 빛깔이 된다. 빨갛게 물들여지는 손톱이 꽃잎 같다. 팔랑팔랑 손을 흔들자 꽃향기가 풍겨난다.

 나는 유난히 빨강을 좋아한다. 머그컵, 텀블러, 장갑 등 다양한 모양의 빨간색들이 방 안 여기저기를 차지한다. 세 가지 색을 주제로 한 프랑스 영화 중 〈레드〉 포스트가 붙여진 책장 한컨에는, 빨강머리 앤과 관련 소품들이 자리하고 있다.

 늘 갖고 싶었던 차가 있었다. 두 사람이 타는 아주 작은 올드카였다. 중고차 거래장터에는 원하는 빨간 색이 없었다. 남편은 이곳저곳을 다녀보다가 다른 컬러를 권했다. 흰색 어때? 노란색 있는데? 난 빨간색이 아니면 타지 않겠다며 고집을 피웠다. 결국 몇 개월을 기다린 후 원하는 색상으로 구입할 수 있었다.

가만히 생각해 보면 그동안의 삶은 모두 무채색이었다. 어릴 땐, 드러나지 않는 수수한 옷차림과 절제된 언어, 조신한 행동을 무언으로 강요받으며 자랐다. 한학을 하셨던 할아버지는, 여자는 긴 소매의 옷을 입어야 하며 몸에 화려한 장식물을 부착해서는 안 된다고 가르쳤다.

결혼 후에도 별반 다르지 않았다. 시부모님과 함께 생활하다 보니 조심해야 할 것들이 많았다. 학창시절 친하게 지냈던 친구조차 '늘 누군가의 뒤에 있었던 아이'로 추억하며 제대로 기억이 나지 않는다고 했다. 내 마음속 강렬한 빨강은 무채색 속에 갇혀 있었다.

베텔게우스는 오리온자리에서 두 번째로 밝은 별이다. 뚜렷하게 붉은색으로 빛난다. 매우 거대하고 밝으나 표면 온도는 상대적으로 차가운 힝성이다. 겨울철 오리온자리의 삼태성 맨 위쪽 끄트머리에 위치해 있다. 나이가 많아서

터지기 직전인 그 별은 언제 폭발할지도 모르면서 자신을 빨갛게 물들인다.

'나는 빨강이어서 행복하다! 나는 뜨겁고 강하다. 나는 눈에 띈다. 그리고 신들은 나를 거부하지 못한다. 나는 숨기지 않는다. 나에게 있어 섬세함은 나약함이나 무기력함이 아니라 단호함과 집념을 통해 실현된다.' 오르한 파묵은 그의 책 『내 이름은 빨강』에서 이렇게 빨강을 예찬한다.

미국 내셔널 갤러리의 한 설문조사에서 관람객들의 70%가 마크 로스크의 작품을 보고 눈물을 흘렸다고 한다. 그의 대표작인 〈Untitled-레드〉는 형태나 이미지, 선과 면의 경계가 모호한 레드의 색채 덩어리만을 거칠게 표현한 작품이다. 그는 '예쁜 그림을 그리기 위해서가 아니라 당신을 생각하기 위해서 왔다.'라고 말했다.

유대인 출신의 미국 화가인 그는 거대한 캔버스에 간결하고도 깊은 색과 의미를 알 수 없는 형태를 표현하면서 감성을 전달하는 추상 표현주의의 거장으로 알려져 있다. 〈Untitled-레드〉는 로스코가 자살하기 직전에 그렸던 작품이다. 현실 속에서 외로움과 고독, 불안, 우울함에서 빠져나오지 못한 그가 어떤 탈출구로서의 빨강을 선택한 것은 아닐까.

　내게 빨강은 새로운 희망의 상징인 태양이다. 강한 생명력을 느끼게 하며, 억압된 것을 벗어버리고 자신감을 갖게 해주는 빛깔이다. 삶의 의지를 역동적으로 보여주는 심장처럼.

　손톱 끝에서 동백꽃이 피어난다. 추위에 아랑곳 않고 봄을 알려주는 동백은 땅에 떨어져서도 시들지 않고 우아한 자태를 유지한다. 그런 결기 하나쯤 있어야 이 혼란한 세상을 살아내지 않겠는가. 빨강은 내게 경계가 희미한 무채색의 먹먹함을 벗어버리고 자아를 찾게 해주는 생명의 색이다.

배리어프리

 '장애인의 지역사회 완전한 통합과 참여를 통해 사각지대 없는 민주주의를 실현하라.'라고 적힌 피켓이 화면을 가득 채운다. 차별 없는 민주주의를 향한 장애인들의 외침이다.

 '배리어프리barrier free'는 고령자나 장애인과 같이 사회적 약자들이 살기 좋은 사회를 만들기 위하여 물리적이며 제도적인 장벽을 허물자는 운동이다.

 장애인은 신체적, 정신적으로 장애가 있는, 법적으로는 이 장애로 오랫동안 일상이나 사회생활에서 많은 제약을 받는 사람을 말한다. 우리나라 장애인 복지정책이 국가적 차원에서 체계적으로 시행되기 시작한 것은 1981년 '심신

장애복지법'이 제정되면서부터이다. 이후 '장애인복지법'으로 개정되었으나 그때까지 시혜와 동정의 대상으로 머물도록 하였다.

2006년 UN '장애인권리협약'을 채택, 2007년 '장애인 차별금지 및 구제에 관한 법률'이 제정되어 장애인의 권리 증진 보장과 차별금지, 사회의 각 구성 주체가 이행해야 할 의무를 규정했다. 이는 일반인들의 인식개선, 교육제도의 필요성과 어떠한 방향으로 추진되어야 하는지를 제시하는 계기가 되었다.

〈그것만이 내 세상〉은 2018년에 개봉된 영화이다. 피아노에 뛰어난 재능을 가진 서번트증후군인 동생(진태)과 한때는 WBC 웰터급 동양 챔피언이었지만, 백수로 전전하던 전직 복서 형(조하)이 17년 전에 헤어진 엄마와 재회하면서 이야기가 시작된다. 한물간 전직 복서는 난생 처음 본 동생의 모습에 어리둥절해한다. 함께 살게 되면서 지금까지 경험해보지 못한 많은 시련과 어려움을 겪게 되지만, 결국 동생의 순수함에 마음을 열게 된다. 우여곡절 끝에 진행된 피아노 공연에선 진태의 재능을 발견하게 되고, 음악이 주는 마법의 경이로움을 느끼게 해주면서 영화는 끝이 난다.

독일계 신경과 의사였던 루트비히 구트만은 제2차 세계대전 중, 부상으로 척추 손상을 입은 조종사들의 치료와 재활을 위해 영국 정부가 센터를 설립했을 때 이사로 임명되었다. 그는 강력한 진정제 주사로 침대를 벗어나지 못하게 하는 처방이 고작이었던 환자들을 침대 밖으로 나오게 하는 획기적인 처방을 내렸다. 병원의 하반신 마비 환자들을 대상으로 장애인 운동경기를 연 것이었다.

그 경기는 엄청난 호응을 얻었고 장애인들에게 희망을 안겨주었다. 세계 각국에서도 관심을 보이며 점점 규모가 커지다가, 1960년 마침내 패럴림픽이라는 장애인 올림픽 경기가 탄생하게 되었다. 패럴림픽Paralympice은 하반신 마비를 의미하는 '패러플리지어paraplegia'와 '올림픽olympic'의 합성어이다. 이제는 다양한 장애를 가진 사람들이 참여하면서 패럴림픽은 '동등하다parallel'의 의미로 통하고 있다.

최근에는 장애인과 비장애인 모두가 관람을 즐길 수 있도록 '가치봄영화제'를 개최하고 있다. 해당 영화는 시각장애인을 위해 화면 해설을, 청각장애인을 위해 대사 및 효과음을 자막으로 삽입하여 상영을 준비한다. 은행에서 비밀번호를 누를 때 사용되는 키패드의 숫자 '5' 버튼의 동그

랑게 돌출된 부분도 시각장애인의 편의를 위해 넣은 것이라고 한다.

장애인의 이동과 접근을 용이하게 하기 위해 도입된 저상버스는 일반버스와는 달리 출입구에 계단이 없고 차체 바닥이 낮다. 장애인이 생활 속에서 가장 어려움을 겪는 이동과 접근에 대한 불편함을 감소해주기 위해서이다. 또 경사판이 장착되어 있어 휠체어를 타고서도 버스에 탑승할 수 있다. 서울의 지하철역에는 시각장애인에게 열차 운행 및 역사 정보를 제공하기 위한 유도블록, 점자 안내 표지판, 블라드가 설치되어 있다. 유도블록과 안내판은 앞이 보이지 않는 시각장애인이 정확하고 안전하게 이동하는 데 있어 매우 중요하다.

정부에서는 배리어프리 디자인의 필요성을 인지하여 조례를 제정하거나 공공시설 건축에 활용하고 있다. 기업에서도 이와 관련, 전략을 개발하는 등 노력을 기울인다니 바람직한 현상이 아닐 수 없다.

'신체기관이 본래의 제 기능을 하지 못하거나 정신 능력에 결함이 있는 상태'를 장애라고 한다. 세분화되고 진문화되어가는 현대생활에서 장애는 일상생활에서 많은 불편을 초래한다. 하지만 장애를 바라보는 사람들의 인식이 변하고 물리적, 제도적 장벽이 조금씩 허물어지고 있다. 이러한 때, 배리어프리는 비장애인이 장애인을 어떻게 포용하고 함께 살아갈 것인가를 고민하게 해준다. 근본적으로는 사랑과 배려, 이해와 공감이 그것들을 해결할 수 있지 않을까 싶다.

캥거루 케어

　미숙아를 안은 여자가 기쁨의 눈물을 흘린다. 곧 끊어질 듯 위태롭던 아기의 심장박동수가 다시 정상으로 돌아온다. 어떻게 저런 일이 가능할까? 사람과 사람 사이의 교감이 참으로 신기하다. 채널을 돌리다 우연히 보게 된 장면이다.

　'캥거루 케어'는 '캥거루 요법'이라 불리는데 산부인과에서 미숙아를 돌보는 방식의 하나이다. 1978년 콜롬비아 보고타의 한 병원에서 우연히 탄생된 용어다. 한 산모가 미숙아를 출산하였지만 인큐베이터는 이미 가득 차 있는 상황이었다. 어쩔 수 없었던 그녀는 죽어가는 아기를 맨가슴에 안고 마지막 작별 인사를 하였다. 그런데 놀라운 일이 벌어졌다. 박동이 거의 멈춰가던 아이의 심장이 다시 뛰기 시작하면서 기적처럼 소생한 것이다. 그 상황이 흡사 캥거루가 발육이 제대로 안 된 작은 새끼를 낳아 주머니에 품어 키우는 것 같다고 하여 '캥거루 케어'가 된 것이다.

이 요법은 조산이나 저체중아에게 주로 사용되지만, 건강하게 태어난 아기에게도 유용한 것으로 알려져 있다. 엄마나 아빠가 아기와 살을 맞대고 심장 소리를 들려주면 심리적으로 큰 효과가 있다는 결과가 많은 실험을 통해 입증되었다. 더욱이 안정된 분위기와 편안함을 느끼게 해주어, 스트레스를 줄이고 면역력까지 상승시킨다고 한다.

어느 날 문득 나는 환자가 되어 버렸다. 정기검진에서 암 판정을 받은 것이다. 암 환자 등록을 하고 난 후에야 눈물이 쏟아졌다. 크기 때문에 수술에 앞서 선항암으로 줄여야 했기에 입원과 퇴원을 반복하는 나날이 이어졌다. 그때, 간호사였던 친구는 퇴근하면서 매일 병실로 찾아와 아픈 나를 가만히 안아주었다. 병상 옆에 오래도록 앉아 좋은 예후豫後를 보여주었던 사례들도 얘기했다. 절망으로 가득했던 시간을 딛고 일어나 완치판정을 받고서야, 희망의 끈을 놓지 않게 해 준 그녀에게 고마움을 느끼게 되었다.

어린이집 입구에 들어서기만 하면 우는 네 살짜리 아이
가 있었다. 엄마, 아빠를 교통사고로 잃고 조부모와 함께
사는 영아였다. 할머니는 왜소한 몸의 손녀를 업고 와서 등
원을 시키고 부랴부랴 일터로 향했다. 친밀한 유대관계를
위해 조심스럽게 안아주려고 했지만 강하게 밀쳐냈다. 그
렇지만 조금씩 다가가며 될 수 있는 한 많은 이야기를 나누
려 했고, 자주 칭찬을 해주었다. 시간이 지나면서 쳐다보지
도 않고 구석에서 울고 있던 아이는 서서히 관심을 보이며
나를 받아들였다.

아이와 삼 년을 함께 보냈다. 유아반에 올라가면서 영아
반을 담당했던 나와 헤어지게 되었지만, 쉬는 시간이나 오
후엔 어김없이 교실로 찾아왔다. 하원하지 않은 영아를 돌
봐주기도 하고, '예쁜 선생님'이라 제목 붙여진 그림을 선
물하기도 했다. 졸업하는 날, 할머니는 성격이 밝아지고 말
도 많아졌다며 감사의 인사를 전했고, 지금까지도 연락하
며 안부를 주고받는다.

세기의 요정 오드리 헵번은 내가 가장 좋아하는 배우다.
깜찍한 그녀의 모습이 담긴 흑백영화를 몇 번이고 찾아보
기도 한다. 더욱 매력을 느끼게 된 것은 남미와 아프리카

등지에서 가난한 어린이를 돕는 모습을 보았기 때문이다. 배우로서의 명성만으로도 충분히 행복한 삶을 살아갈 수 있을 텐데도, 위험을 무릅쓰고 사망할 때까지 그녀는 오지에서 구호 활동을 계속했다.

교감은 감정 등을 함께 나누어 가지는 것을 말한다. 사회적 관계는 우리에게 숙명처럼 얽혀있다. 가족, 친구, 직장 등에서 숱한 사람들과 만나지만 진심으로 마음을 주고받기란 쉽지 않은 일이다. 상대를 받아들이고 타인이 내 감정을 이해해주는 일련의 일들은 많은 시간과 노력을 필요로 한다.

사회가 각박해지고 있다. '예전 같지 않다.'라는 말을 주변에서 자주 한다. 개인주의가 팽배해지고 물질화되면서 감정의 교류는 다른 가치들에 비해 뒷전으로 밀려나 버렸다. 더욱이 인공지능 시대가 열리면서 인간과 기계는 가까워진 반면, 사람과의 친밀도는 더욱 멀어지게 되었다. 그럼에도 불구하고 무거운 폐지를 싣고 가는 노인을 도와주는 젊은이, 고아원의 어린 아이들을 보살펴 주는 손길, 어려운 이웃을 위해 봉사하는 사람들을 보면 마음이 따뜻해진다.

나이가 들면서 남편과 자꾸 데면데면해진다. 젊은 날엔

굳이 말을 하지 않아도 교감하는 시간이 많았는데 지금은
아스라한 옛날처럼 느껴진다. 오늘은 퇴근하고 들어오는
남편에게 캥거루 케어를 해봐야겠다. 양팔로 감싸 안으며
"수고했어요."라고. 그는 무슨 일인가 싶어 놀라면서도 좋
아 멋쩍게 웃으리라.

무지개 프레임

"무지개다!"

갑자기 심장이 두근거린다. 오래된 간이역 뒤에서 동심원을 이루던 무지개는 낙엽이 무성한 길가에 내려앉은 듯하다. 아침에 내린 소나기가 그치면서 생긴 선물이다. 바쁜 출근길이었지만 갓길에 차를 세워두고 휴대폰 카메라 기능을 켠다.

우리나라에서 무지개는 '물水로 만들어진 문門'이라는 뜻을 가지고 있다. 조선 초 용비어천가에 무지개의 옛말인 '므지게'가 나온다. 물의 옛말인 '믈'에서 ㄹ이 탈락하고 문을 뜻하는 '지게'와 결합한 말이다. 지게는 등짐 지는 운반

수단이 아니라 문짝을 뜻하는 옛말이다. 무지개 안의 물과 둥근 타원형의 모양이 마치 땅에서 하늘로 올라갈 때 지나가야 할 문처럼 생겨서 그렇게 된 모양이다. 혹 새로운 삶이나 세상을 향한 희망을 무지개에 가탁假託한 것은 아닐까?

　서양에서 무지개는 행운의 상징이다. 구약성경의 「창세기」에서 노아의 대홍수 후, 하느님이 다시는 물로 벌하지 않겠다고 사람들에게 약속한 증표로 나온다. 아일랜드의 민간 구전에서는 세 개의 소원을 들어준다는 요정 래프레콘이 무지개가 끝나는 지점에 황금이 담긴 항아리를 숨겨놓았다는 이야기가 있다.

　무지개가 일곱 색이라고 알려지게 된 것은, 뉴턴이 실험으로 찾아낸 연속 스펙트럼의 색을 토대로 '도레미파솔라시'의 7음계에 따라 색을 나누었다는 이야기가 정설로 전해온다. 태양이 소나기의 빗방울을 비출 때 태양과 반대 방향에서 가장 흔하게 관찰되는 무지개는 채색된 물방울 속으로 투과된 광선의 굴절과 내부반사에 의해 생긴다. 안쪽에서 바깥쪽으로 보라, 남색, 파랑, 초록, 노랑, 주황, 빨강을 나타낸다. 빗방울이 현상일 뿐인데 사람들은 왜 이것을 보며 희망을 기대하는 것일까.

내게는 무지개처럼 희망을 주는 것이 몇 가지 있다. 차량을 운행할 때 73이 새겨진 초록색 자동차 번호판을 보거나, 색조 화장을 할 때 눈썹이 잘 그려지는 날, 연필로 그림을 그릴 때 테두리가 겹치지 않고 바로 이어지게 마무리가 되는 날, 그럴 땐 괜한 기대를 품어본다. 오늘은 모든 일이 잘 풀리게 되리라는.

'73'은 생애 처음 사회활동을 하면서 희망을 주었던 번호이다. 목소리가 작아 늘 콤플렉스였던 어느 날, 시 낭송반을 모집한다는 공고를 보았다. 어떤 용기에서였는지 모르겠지만 전화를 걸어 등록을 했고, 지방에서 열리는 낭송대회에서 최우수상을 받았다. 뒤이어 전국대회에까지 출전하게 되었다. 그때 나에게 부여된 순번이 '73'이었다. 결과는 우수상이었다. 이후, 초록색 스카프를 두르고 출전했던 그날의 설렘을 계속 느껴보고 싶었는지도 모른다.

국어사전에는 프레임이 '자동차나 자전거 따위의 뼈대'라고 되어 있다. 대개는 고정된 틀 속에 갇힌다는 부정적인 의미로 사용된다. 그것은 어떤 현상에 자신의 의식이나 행동을 구속시키기 때문이다. 하지만 긍정적인 프레임은 현실을 지탱하게 해주는 힘이 될 수도 있지 않을까. 사람들은 저마다 자신만의 신념을 가지고 삶을 영위한다. 설혹 그게 자기 위안에 그칠지라도.

희망을 주는 단어들은 이외에도 다양하다. '수리수리 마하수리 수수리 사바하'는 『천수경』에 나오는 주문으로 소원을 원만하게 성취하려는 의미가 있다. 디즈니 만화 〈신데렐라〉에 나오는 '비비디 바비디 부'는 어떤 일이 이루어질 수 있도록 기원하는 주문이며, 〈라이온 킹〉 애니메이션에 등장하는 '하쿠나 마타타'는 '근심 걱정을 모두 떨쳐버려'로 더빙되어 많은 이들에게 사랑받았던 말이다.

찰칵찰칵 선명하게 찍힌 영상이 갤러리에 저장된다. 내 마음속에도 일곱 색깔 무지개가 뜬다. 오늘은 어떤 행운이 나를 찾아올까. 살짝 설렘을 안고 다시 시동을 건다.

슴베

　자루에서 호미 날이 떨어져 나갔다. 오래 사용해서 느슨해진 것 같았다. 몸이 불편한 엄마를 대신해 밭에서 김을 매고 있던 중이었다. 슴베가 드러난 쇠를 잡고 있으려니 앙상한 손목을 잡고 있는 듯하다.

　슴베는 칼이나 호미, 낫 등에서 자루 속에 들어박히는 뾰족한 부분을 말한다. 고대사회에서는 슴베를 다양한 용도로 사용했다. 창이나 화살 따위에 꽂아 쓰는 찌르개를 만들어 사냥을 하거나 농사를 짓고 살았다.

　아버지가 돌아가시고 엄마는, 모든 농사를 혼자 하게 되면서 목숨을 걸다시피 매달렸다. 새벽 일찍 밭으로 가면서도 물 한 잔만 마셨다. 아침이 지나고, 점심때가 되어도 밭에서 나오지 않았다. 엄마는 자신의 노동을 호미에 싣고 아버지의 부재를 대신했다.

아버지는 생전에 할아버지께 물려받은 땅이 없는 것을 늘 자식들에게 미안하게 생각했다. 목돈이 생길 때마다 집 앞의 논과 밭을 하나씩 사들인 것도 그런 이유에서였다. 엄마는 당시의 기억을 떠올리며 밥을 먹지 않아도 배가 불렀다고 했다. 그러다 갑자기 아버지가 돌아가시면서 모든 농사를 당신이 감당하게 되었다.

폭염이 계속되던 여름이었다. 그날은 외부활동을 자제하라는 기상청의 예보가 있었다. 하지만 엄마는 여느 때와 마찬가지로 밭으로 나가 익은 고추를 땄다. 제때 수확하지 않으면 상품성을 잃게 되기 때문이었다. 결국 폭염을 견디지 못해 쓰러져 이웃 아주머니의 연락을 받고 급히 친정으로 달려갔다.

가뜩이나 야윈 팔과 다리가 땀으로 범벅된 채 엄마는 마루에 누워 있었다. 마치 마른 고춧대를 베어놓은 것 같았다. 차가운 물수건으로 팔과 다리를 닦고 응급조치를 마치자 겨우 몸을 추스르며 일어났다. 그리고는 고추밭에 가야 한다고 했다. 만류하는 자식들을 보며, "너거 아버지가 남긴건데…, 내가 농사를 잘 지어야 하지 않겠나…" 말을 흐리며 일어나다 다시 쓰러졌다.

어지럼증 때문에 걷지 못하는 엄마를 겨우 부축해서 동네 의원으로 갔다. 큰 병원으로 가봐야 한다는 의사의 말에 다시 종합병원으로 진단서를 들고 차를 몰았다. 혼자서 이런저런 수속을 하고서야 겨우 입원할 수 있었다. 혈액을 채취하고, 엑스레이, MRI를 찍는 동안 엄마는 두려움에 몸을 떨었다. 검사를 마치고 나오면서, 당신으로 인해 자식들이 힘들어한다며 연신 미안해했다.

예상했던 것보다 병원에서의 생활은 오래 지속되었다. 여러 가지 검사를 하다 보니 하나둘 문제가 생겼다. 오른쪽 뇌에 혈액이 응고되어 있었고, 팔꿈치에 작은 골절이 있었다. 검사를 위한 검사가 시작되었다. 매일 혈액을 채취하고, 다시 엑스레이를 촬영하는 날이 이어졌다.

치료를 받는 동안은 힘들었지만 조금씩 나아지고 있다는 의사의 말에 엄마는 안도의 숨을 내쉬었다. 가족들은 모두 다행이라 생각하며, 이때다 싶어 이제 농사를 다른 사람에게 주자며 엄마를 설득했지만 묵묵부답이었다. 퇴원하면 당신은 언제 아팠냐는 듯 평생 가꿔온 땅에서 노동을 멈추지 않을 것이다. 습베가 호밋자루에 박혀 평생 농사를 지었던 것처럼.

호밋자루에 습베를 박고 다시 밭으로 향한다. 제법 단단히 박혔는지 김매기가 아까보다 훨씬 수월하다. 지나가는 바람에 땀을 닦으며 맞은편을 보니 엄마가 내 쪽으로 김을 매며 오고 있다. 밭이랑이 둥글게 부풀어 오른다.

추월차로

러시아워rush hour다. 두 개뿐인 차로가 모두 거북이걸음이다. 마음이 급한 탓일까. 오늘따라 정체가 더 심한 것 같다. 왼쪽 깜빡이를 넣고 있다가, 재빨리 1차로로 핸들을 꺾는다. 추월차로를 주행하면 조금 더 일찍 도착할 것 같아서였다.

아슬아슬하게 추월차로에 들어섰다. 큰 숨을 들이쉬면서 숨 고르기를 해본다. 그런데 신호가 바뀌자 주행차로에 있던 차들이 썰물 빠지듯 앞서갔다. 오히려 1차로는 꼼짝을 못하고 있다. 다시 주행차로로 변경을 해야 하나 고민하는 순간, 어느 사이 끼어든 트럭이 앞을 가로막는다.

언젠가부터 꿈꾸는 삶이 있었다. 클래식하고 우아한 중년에 빨리 안착해 정서적 여유로움을 느끼고 싶었다. 지인들과의 모임에서 좀 더 격조 있는 대화의 자리를 만들어가거나, 음악, 미술 등 여러 부분에서 다양한 지식을 습득해서 멋있게 나이 들고 싶었다.

성급한 마음에 여러 개의 수강 신청을 했다. 요리를 배우고, 외국어 수업이 끝나면 피아노와 해금, 그리고 주말이면 수영과 헬스까지. 이것저것 하다 보니 마음은 늘 분주했다. 하지만 우아한 백조가 되려면 이까짓 것쯤이야 견뎌야 한다며 나를 다그쳤다. 그러다 덜컥 과부하가 걸렸다. 아무것도 할 수 없을 만큼 온몸은 마른 낙엽처럼 바스락거렸다. 여기저기 망가진 채로 대부분의 시간을 병원에서 보내야 했다. 회복은 더뎠고, 의사는 오래 쉬어야 한다는 처방을 내렸다.

깜빡이를 넣고도 한참을 주행차로에 머물던 택시가 슬그머니 끼어든다. 마음은 이미 출근해 있는데 현실은 그러지 못하다. 추월차로는 더욱 차들이 많아졌고 상대적으로 주행차로가 텅 비었다. 움직이지 않는 차들을 바라보다 다시 2차로로 빠지자 통행이 수월해졌다.

병원에서 퇴원한 후부터는 마음속에 가득했던 욕심을 버렸다. 두어 개 취미활동만 남기고 나머지는 모두 끊었다. 남는 시간은 사색으로 채워졌다. 생각해 보면 쓸데없이 바쁘기만 한 시간이었다. 하나를 더하고, 덜하고의 차이가 크지 않음을 알았다. 걷다가 힘들면 잠시 쉬면서 하늘을 바라보는 것이 얼마나 행복한 것인지도 느끼게 되었다. 그제야 주변의 사람들이 보였다. 대부분의 사람들은 추월하지 않고 주행차로에서도 여유롭게 주행하고 있다는 것을.

군이 앞지르기를 하지 않아도 도착시간은 비슷했다. 괜한 욕심을 내느라 종종걸음을 친 셈이다. 큰 흐름은 변함이 없다. 이제 주행차로에서도 느긋할 수 있을 것 같다. 순간순간 최선을 다한다면 더딤까지도 모두 내 삶이 될 테니까.

아이 캔 스피크 잉글리시

요란한 알람에 후다닥 잠을 깬다. 오전 5시 40분. 주섬주섬 옷을 갈아입고, 헝클어진 머리를 정리하면서 책상 앞에 앉는다. 심호흡을 하는 동안 줌zoom이 켜진다.

"굿모닝~"

반갑게 인사하는 선생님이 하이톤으로 반긴다.

영어를 시작한 것은 작년 9월부터이다. 언젠가는 쓰일 날이 있으리라 생각하고, 나이 들기 전에 공부를 해야겠다 마음먹고 있을 때였다. 우연찮게 지인이 알려준 비대면 강의가 마음에 끌렸다. 줌으로 30분 수업하는데 서울, 대전, 포항, 경주, 울산 등 전국에 사는 사람들이 작은 공간에서 친분을 쌓는다고 했다. 아마도 코로나19의 영향으로 생겨난 특별한 강의 방식인 것 같았다.

함께 교재를 읽고, 그날 수업한 내용을 녹음하여 올리는 것이 과정이다. 수업료가 싼 대신 노력이 많이 들어가는 강의였다. 40대 직장인부터 퇴직한 교수님까지 이력도 다양했다. 분명한 것은 모두 부지런한 사람들이라는 것이다. 나도 그들과 함께 대열에 끼이게 되었다.

대학 입학을 앞두고 가정 사정으로 진학을 하지 못했다. 그게 늘 한으로 남아 결혼하고 늦게 대학에의 꿈을 이루었다. 그리고 지금은 대학원까지 진학해서 학업을 이어나가고 있다. 체력이 따라주질 않아 자꾸만 한계에 부딪히지만 열정은 20대만큼이나 뜨겁다.

〈아이 캔 스피크〉는 실화를 주제로 한 영화다. 민원 할머니로 불렸던 주인공(옥분)이 구청 직원에게 영어를 알려달라며 조르기 시작한다. 그러다 주 3회 영어 수업을 하게 되면서 옥분 할머니가 '아이 캔 스피크'를 외친 이유를 알게 된다. 어릴 때 헤어진 남동생이 미국에 있는데 대화로 안부라도 묻고 싶었던 것이다. 위안부로 끌려갔던 우리의 아픈 과거사를 보여준 이 영화는, 주인공이 미국 샌프란시스코 시의회에 연설을 하기 위해 입국 심사를 받으면서 막을 내린다. 결코 꿈을 포기하지 않았던 그녀를 보며 큰 감동을 느꼈다.

포기하고 싶을 때도 있었다. 실시간으로 번역해주는 앱이 있는데? 이 나이에 웬 영어? 라는 유혹이 갈등하게 만들었다. 그럴 때마다 스스로 하나씩 숙제를 늘려갔다. 그날 배운 것을 필기해서 올렸고, 녹음 숙제는 5분을 더해 10분을 반복하면서 하루도 거르지 않았다.

처음엔 혼자만 올렸던 단체 모임방에 하나둘 함께 하는 사람들이 늘었다. 용기를 주는 벗도 생겼다. 관련 자료를 공유해서 올려주기도 하면서 점차 활성화되어 이제 함께 공부하는 모든 사람들이 녹음에 참여하게 되었다.

미국인이 가장 사랑하는 예술가 중 하나로 손꼽히는 화가 '모지스 할머니'로 불리는 애나 메리 로버트슨 모지스는 1860년 농부의 딸로 태어났다. 한시도 손을 놀리지 못해 오랜 세월 자수를 놓다가 류머티즘 관절염으로 더 이상 바늘에 실을 꿰지 못하게 되었다.

그러던 중 70대 중반, 동생의 권유로 그림을 그리기 시작했다. 늦은 나이에 시작한 할머니만의 아기자기하고 따뜻한 그림들은 한 수집가의 눈에 띄어 세상에 공개되었다. 바느질을 할 수 없게 된 상황이 역설적으로 국민화가로 만들어 주면서 불행이 행복으로 바뀌었다. 따뜻하고 사랑스러운 그림을 그렸던 그녀는 '미국인의 삶에서 가장 사랑받는 인물'로 불리고 있다.

강물은 멈추면 썩어 버린다. 뜨거운 용암도 흐르기를 그치면 식어서 굳게 된다. 사람도 마찬가지가 아닐까 싶다. 썩거나 굳지 않으려면 끊임없이 움직여야 할 것이다. 도전하는 삶이 아름답다고 했다. '너무 늦은 나이란 없다.'는 말은 언제나 진리이다.

영어를 배우면 제일 먼저 가 보고 싶은 곳이 있다. 『빨강머리 앤』의 배경지인 캐나다 프린스 에드워드 아일랜드이다. 그곳에서 영어를 유창하게 말하는 나를 떠올리며 오늘도 '아이 캔 스피크', 수업을 시작한다.

보늬밤

껍질을 벗기자 율피栗皮가 드러난다. 지난 가을에 엄마가 준 밤을 냉장고에 묵혀 두었다 이제야 꺼낸다. 말랑해지기 직전의 밤껍질을 벗겨내는 작업은 금방 끝날 것 같더니 한 시간을 훌쩍 넘겨버렸다. 끝내고 보니 손목은 물론이고 온 몸이 뻐근하다.

보늬는 도토리, 밤, 호두, 땅콩의 속껍질을 일컫는 순우리 말 표현이다. 겉껍질이 아닌, 속에 있는 얇고 떫은맛이 나는 부분을 뜻한다. 보늬는 보늬밤으로 많이 알려져 있다. 율피를 그대로 두고 조리히기 때문에 영양소가 온전히 보존된다.

보늬밤을 만드는 과정은 손이 많이 간다. 우선 껍질을 벗긴 밤을 베이킹소다에 12시간 담가 놓는다. 떫떠름한 율피를 보드랍게 하기 위해서이다. 그리고 물과 함께 30분을 삶아낸 후, 다시 헹구고 새 물을 받아 삶기를 서너 번 반복한다.

건져낸 밤의 표면은 놓아두고 골이 파진 곳의 율피를 이쑤시개로 벗겨낸다. 그런 뒤 간장과 설탕으로 뭉근하게 조리면 윤기 나는 간식이 된다. 꼬박 이틀 동안 정성을 들여야 하니 웬만한 마음으론 시작하기 힘든 음식이다.

엄마는 뇌경색이 오면서 왼쪽 다리를 전혀 쓸 수 없게 되었다. 어느 날 일어서려다 휘청거리며 주저앉았다. 주변에서 좋다는 병원을 소개받아 여러 군데 다녔지만 성에 차지 않아 했다. 급기야 신경이 날카로워지면서 진료하는 의사와 병원에 데리고 다니는 딸을 원망했다. 당신은 한사코 자신의 병을 받아들이지 않았다.

영화 〈리틀 포레스트〉의 주인공 혜원은 공무원 시험에 낙방한 뒤 도시 생활을 뒤로하고 고향으로 내려온다. 엄마는 편지 한 장만을 남기고 먼 여행을 떠난 뒤였다. 그녀는 어릴 때 만들어 준 음식을 떠올리며 보늬밤과 막걸리를 만

162

들어 친구들과 나누어 먹는다. 시골 생활을 하면서 보늬처럼 떨떠름했던 세상과 엄마에 대한 원망을 하나둘 벗겨내고 마음의 안정을 찾아간다.

무슨 말을 해도 건조한 낙엽처럼 버석거렸던 때가 있었다. 어떤 충고도 듣지 않고, 내가 잘났다 생각했다. 그건 어쩌면 보늬 같은 것인지도 몰랐다. 누구든 자신 안에 율피 같은 응어리 몇 개는 가지고 살아가니까. 이참에 그 떫은 것들을 벗겨내고 싶었다. 더욱이 밤은 위장기능 강화와 면역력 향상, 성인병 예방에 도움이 된다고 하니 아픈 엄마에게 안성맞춤이라 생각되었다.

떫은맛은 사라지고, 설탕과 간장에 버무려진 보늬밤이 윤기 난 모양으로 거듭났다. 그릇에 담아 놓으니 여느 고급 음식과 비교할 수 없을 정도로 우아해 보인다. 차마 먹을 수 없어 한참 동안 바라만 보았다.

이제 지천명의 나이를 지나면서 내 안의 소란들도 조금씩 잠잠해져 간다. 떫은 밤이 오랫동안 베이킹소다와 함께 어우러지며 그 맛이 옅어지듯, 나를 내려놓고 비우는 시간이 많아진 덕분일 것이다.

유리병에 담아 엄마를 찾아갔다. 대수롭지 않게 바라보

던 당신은 밤을 하나 집어 먹더니 자꾸 손이 간다며 금세 바닥을 보였다. 활짝 웃는 얼굴이 천진난만하다. 얼마 만에 보는 모습인가, 근심의 율피가 벗겨진 저 미소는.

신불산을 오르며

가을이 깊어진 산길엔 울긋불긋 낙엽이 흩어져 있다. 이른 새벽이라 아직 사위가 어둑하다. 헤드랜턴에 의지하며 조심스럽게 발을 내디딘다. 친구 부부와 함께 처음 올라가는 신불산은 오랜만의 등산이라 힘이 부친다.

태백산맥의 여맥에 해당하는 신불산 정상은 높이가 1,241m로, 주변에 1,000m 내외의 높은 산지가 많은 편이다. 산의 동쪽에는 태화강 지류가 사면을 깎아 급경사를 이루고 있다. 옛날 울주 지방 선비들이 정자를 지어 청유淸遊하던 곳으로 시인 묵객들이 많이 찾았다고 한다.

간월산과 신불산 사이를 넘어가는 간월재는 억새 군락

지로 유명하다. 절정기는 시월이며 산정에 억새 무성한 고원이 넓게 형성되어 있다. 경치가 아름답고 웅장해서 영남 알프스라 부른다. 해가 넘어가기 직전도 아름답지만 일출 때의 풍경도 그에 못지않다고 한다. 그 아름다운 광경을 떠올리며 한 발 한 발 걸음을 내디디고 있다.

간월재 억새며 신불산 등정은 어쩌면 핑계였는지도 모른다. 어둠을 헤치며 정상에 오르면 거기 뭔가 희망이 있을 것 같았다. 갑자기 찾아온 병이며, 자꾸만 무기력해지는 일상과 꼬리에 꼬리를 무는 암울한 생각들. 그런 것을 한꺼번에 해소할 수 있을지도 모른다는 생각에 선뜻 등산 제안을 받아들였다.

친구 부부는 몇 발짝 앞에서 여유롭게 걸으며 두런두런 이야기를 나눈다. 나만 힘 드는 건가, 괜히 따라온 건가, 언제 이 길의 끝이 나타나는 건가. 컥컥 차오르는 숨소리에 지쳐 자꾸만 뒤를 돌아보다가도, 이제 목적지가 얼마 남지 않았다는 말에 다시 기운을 낸다. 이 정도 높이도 오르지 못하고 포기한다면 더 어려운 일은 어떻게 견뎌낼 것인가.

낙엽처럼 버석거리는 마음에 무언가를 담고 싶었다. 이제 막 떠오르는 햇살을 머금은 억새의 금빛 물결이며, 그

억새를 흔드는 바람이며, 멀리 보이는 산들의 만추며, 새소리 물소리들. 그런 것들을 보게 되면 내 안의 응어리가 일순간 풀어질지도 모른다는 생각이 들었다. 그렇게 비워낸 곳에 깊어가는 산의 정취를 담아 오리라.

'내 모든 힘과 용기를 다해 정상에 올라가면, 바로 한순간, 인생의 진실을 느낄 거야.' 영화 〈K2〉에서, 편안한 일상을 뒤로하고 험준한 산을 오르는 해럴드가 그를 이해하지 못하는 아내에게 하는 말이다.

친구인 변호사 테일러는 '난 평생을 이기적으로 살아왔어. 내 일은 거짓말과 협상과 악당들과의 거래지. 너와 함께 산을 오르면 고상함을 찾을 수 있어. 평생 이기주의자이긴 싫어.' 라고 말하며 해럴드를 바라본다. 그들의 모습은 속세를 벗어나 광활한 자연을 찾아가는 구도자 같았다.

이런저런 생각을 하며 걷다 보니 조금씩 주변이 밝아진다. 어둠의 무대 뒤에 숨어 있던 나무며, 풀, 바위들이 서서히 형체를 드러낸다. 도심에서는 느낄 수 없는 맑고 선선한 공기가 폐부 깊숙이 들어온다. 무위자연은 사람의 힘을 더하지 않은 자연을 말한다. 인위적이지 않은 그것이 오히려 인산을 위로해주는 것인지도 모른다. 한없이 넓고 큰 품으로.

사람들의 감탄이 들려와 고개를 드니 억새군락이 보인다. 드디어 간월재에 도착했다. 이미 먼저 온 사람들이 환호성을 지르는가 하면 삼삼오오 사진을 찍느라 부산하다. 황금물결이 드넓은 평원을 가득 채운다. 울긋불긋한 사람들 모습이 멀리 보이는 단풍과 섞여 하나가 된다.

크게 숨을 내쉬었다 다시 들이마신다. 가만히 눈을 감는다. 순간 나를 짓누르던 무게가 솜털처럼 가벼워진다. 나도 억새가 되어 가을 속으로 깊어진다. 한참을 심취해 있노라니 친구가 정상이 가까워졌다며 길을 재촉한다. 여기 오래 머물렀으면 좋으련만 간월재를 뒤로 하고 아쉬운 걸음을 옮긴다.

아까보다 걸음이 경쾌하다. 어쩌면 내 안의 것들이 다 비워진 것인지도 모른다. 정상에 도착하면 오래 잊고 지냈던 나와 대면을 하리라. 그리고 모든 불화들과 화해를 해야지. 어둠을 이기고 마침내 금빛을 머금은 억새처럼.

인터미션

무대 조명이 꺼지고 객석에 불이 켜진다. 숨죽이며 집중하던 사람들이 무장해제 되어 썰물처럼 공연장을 빠져나간다. 장내가 잠시 소란해진다. 저마다 공연과 배우에 대한 소감을 말하며 짧은 휴식을 취한다. 인터미션intermission이다.

인터미션은 막간이라는 뜻으로, 연극, 콘서트, 오페라, 뮤지컬 등의 공연 중간에 주어지는 쉼의 시간을 뜻한다. 공연이 주로 2~3시간 이어지는 경우가 대부분이어서 잠깐의 휴식을 두는 것이다.

오랫동안 아이들과 함께 생활하며 비쁜 나날을 보냈다. 아침부터 저녁까지 일과는 늘 비슷해서 어느 날부터 무료함이 찾아왔다. 그러다 조금씩 버티기 힘들 만큼 체력이 나빠졌다. 기계처럼 움직이는 것 같다고 느끼게 된 어느 날, 인터미션의 시간을 가지기로 했다. 또 다른 나를 찾기 위한 숨고르기를.

시간이 맞지 않아 찾지 못했던 박물관에 갔다. 경주며 대구 등 가까운 곳을 하나씩 둘러보면서 우리 역사에 대한 관심이 생겼다. 그러다 국내에 있는 유적지를 다녀보고 싶은 꿈을 가지게 되었다. '그래, 나의 휴식은 내가 하고 싶은 것을 하는 거야.'

고민 끝에 역사 공부를 하기로 마음먹고 대학원에 들어갔다. 공부를 하면서 문화답사도 함께 하게 되었다. 여러 유적지에 대한 사전지식이 필요했던 나에겐 일석이조의 기회였다. 조금 분주해졌지만 오히려 마음엔 여유가 찾아왔다.

스웨덴 말 '스몰트론 스텔레smultron ställe'는 딸기밭이다. 여기서 딸기밭은 자기가 좋아하는 장소를 의미한다. 세상으로부터 숨고 싶거나 혼자 있고 싶을 때 찾는 곳이다. 살다 보면 누구든 잠시 쉬고 싶을 때가 있을 것이다. 사람으로부터 혹은 일상으로부터.

집에 오래된 프린터가 있다. 흑백만 가능한 아날로그이다. 바꿔야지 마음먹다가도 인쇄기능엔 무리가 없어서 계속 사용하고 있다. 프린터는 많은 분량을 출력할 때면 늘 15매 내외 정도에서 잠시 멈춘다. 그 사이 새로 용지를 보급하면 기다렸다는 듯 다시 작동을 한다. 저도 휴식의 시간이 필요한 것이리라. 낡은 기계의 숨고르기라 생각하면서도, 사람과 마찬가지로 인터미션의 시간이 필요하겠다 싶었다.

마거릿 미첼의 『바람과 함께 사라지다』는 19세기 미국 남북전쟁 당시 남부 조지아주를 배경으로 하고 있다. 사랑과 전쟁, 생존 투쟁을 그린 대하소설이다. 그 시절 남부에서는 아침부터 저녁까지 이어지는 무도회를 맘껏 즐기기 위해 낮잠을 자는 풍습이 있었다. 긴 축제 전, 충분히 휴식을 취하기 위해서였다.

공연이 중단된 순간에도 배우는 그저 쉬지만은 않을 것이다. 잠시 무대를 떠났을 뿐, 다시 오를 준비를 해야 하기 때문이다. 그 시간은 어쩌면 이전보다 더욱 치열할지도 모른다. 보통 15~20분 정도의 인터미션은 공연 전체 러닝타임에 포함된다. 중단이나 정지가 아니라 새로운 준비인 셈이다.

2부가 곧 시작되니 자리에 앉으라는 방송이 들린다. 다음 장면들은 어떻게 펼쳐질까 궁금해 하며 친구와 낮은 목소리로 이야기를 나눈다. 무대가 밝아지면서 배우들이 즐거운 표정으로 등장한다. 자신의 삶을 개척하며 현재를 소중히 여기는 뮤지컬 〈맘마미아〉는 보는 사람들을 유쾌하게 만든다. 도나와 타냐, 로지의 〈댄싱 퀸〉이 장내에 가득 울려 퍼진다.

운雲 · 풍風 · 현現

雲

아버지는 거실에 커튼을 달지 못하게 했다. 움직일 수 없게 되어 휠체어에 앉아 있는 시간이 많아지면서 밖이 훤히 보이는 게 좋다고 하셨다.

"오늘은 구름이 엄청 빨리도 지나간다. 모양도 시시각각 달라지는 것이 신기하네."

그럴 때면 당신의 눈은 어디론가 멀리 흘러가곤 했다.

風

오래된 기와지붕을 뜯고 양옥으로 집을 지은 후, 아버지는 엄마를 위해 길고 넓은 마루를 만들어 주었다.

그리고 부재.

아버지가 보고 싶을 때마다 엄마는 자주 마루에 앉았다.
가끔씩 친정에 들를 때면 나도 그 곁에 앉아 통유리 창밖의
풍경을 바라보았다. 그러면 마당의 풀 위로, 빨랫줄 위로
낯익은 기척이 지나가곤 했다.

晛

햇살은 빈집으로 자주 놀러 왔다. 채전 밭 위로, 장독대
로, 감나무 우듬지로. 여기저기 기웃거리다 섬돌 위에 턱을
괴고 앉았다. 손으로 쓸면 햇살 알갱이들이 보석처럼 반짝
거렸다.

제4부

천년의 미소가 그윽하게 나를 쳐다본다.
가만히 안아줄 것 같은 표정에
얼굴무늬수막새 앞을 오랫동안 떠나지 못한다.

박물관을 읽다 1

_울산박물관

타임머신을 타지 않고도 아득한 시대로 시간여행을 할 수 있는 곳이 박물관이다. 역사적 유물이나 예술품, 학술적 의의가 깊은 자료를 보존하고 진열되어 있는 이곳은 과거와 미래를 연결시켜 주는 기능을 한다. 모처럼 울산광역시의 대표 박물관인 울산박물관을 찾았다.

울산박물관은 2011년 6월에 개관했다. 외벽의 무늬는 울산의 대표적인 선사시대 유적지인 울주 대곡리 반구대 암각화 부조물로 되어 있고, 바닥의 투명 못은 태화강을 상징한다. 일반적인 역사적 유물 외에도 공업의 도시답게 자동차, 조선, 석유화학 등 산업사에 관한 전시 비중이 높은

게 특징이다.

전시관 안으로 들어서자 '단짠단짠' 특별기획전이 열리고 있었다. 공기처럼 중요한 것으로 우리 생활과 밀접한 관련이 있는 재료인 소금과 설탕에 대한 전시회였다. 울산과 어떤 연계성이 있는지 궁금해 서둘러 안쪽으로 걸음을 내딛었다.

흔히 소금이라 하면, 해안가 염전에 바닷물을 모아 햇볕과 바람 등으로 증발시켜 만드는 것을 떠올리게 된다. 그러나 울산의 염전은 바람과 햇볕이 아닌 흙과 불로 만들어 '자염煮鹽'이라고 불렸으며, 고려시대부터 소금의 주요 생산지로 유명했다. 소금가마에서 소깝나무 땔감으로 가열한 자염은, 죽령 이남 사람치고 먹어보지 않은 이가 없다는 말이 있을 정도였다.

지금은 사라진 삼산염전, 명촌대도섬염전, 돋질조개섬염전, 마채염전은 울산을 대표하는 4대 염전이었다. 울산 소금에 대한 옛 기록은 고려시대에 처음 등장한다. 조선 초기에는 염장관鹽場官이라는 소금 행정 책임자가 있을 정도로 생산량이 많았다. 삼포三浦의 하나인 '염포鹽浦'라는 지명도 울산 소금의 위상을 잘 보여준다. 『신증동국여지승람』과

『울산읍지』,『세종실록지리지』에서 생산량과 면적에 대한 자세한 기록이 전해질 만큼 엄청난 규모였다.

근대에 접어들면서 생산비용 중 절반 이상을 차지하는 막대한 양의 솔가지 땔감으로 인해 점점 자염 생산이 줄어들게 되었다. 그러던 중, 1907년 일본이 우리나라에 들여온 천일제염법에 의해 자취를 감추게 되었다. 자염에 비해 원가절감뿐 아니라 대량생산이 가능하게 되어 상대적으로 경제성이 떨어졌기 때문이었다.

라면, 과자, 음료수 등 공장에서 대량으로 만드는 식품 중에 정제 소금이 들어가는 상품이 많다. 정제 소금이란 천일제염법과는 달리 결정체 소금을 용해한 물 또는 바닷물을 이온교환막에 전기 투석시키는 방법 등으로 제조한 소금을 말한다. '대한민국 사람 중에 울산 소금을 안 먹어 본 사람이 없다. 다만 울산 소금이라는 것을 모를 뿐이다.'라는 말이 있다. 역사적으로 자염 생산지였던 이곳에 우리나라에서 정제 소금을 생산하는 유일한 기업인 '㈜한주'가 들어선 것은 당연한 일인지도 모른다. 중대형 식품 기업을 대상으로 대용량을 생산하고 있는데 최근에는 일반 소비자를 위한 소포장 제품도 생산한다고 한다.

자취를 감췄던 자염 전통은 조금 다른 방식으로 이어지고 있다. 2018년 '마채소금축제'가 울주군 청량면에서 개최되었다. 주민들이 중심이 되어 염전의 전통을 잇고자 만든 행사였다. '마채소금 생산 재현'은 염부와 그 자손의 기억을 통해 재현되었으며 자염의 생산방식을 되짚어보는 의미 있는 프로그램이었다.

소금전시관을 지나니 설탕전시관이 자리하고 있었다. 소금만큼이나 매일 섭취하는 것이 설탕이라 할 수 있다. 울산은 우리나라 3대 설탕 생산지 중 한 곳이다. 1950년대에 들어선 설탕공장은 울산 최초의 근대식 공장으로 울산 산업사의 출발점이라고 해도 과언이 아닐 것이다.

설탕은 조선시대에 왕도 구하기 힘들 정도로 귀한 물품이었다고 한다. 태종실록에 '명나라에 다녀온 진선사가 설탕 다섯 말을 왕에게 바치다.'와 '명나라 사신이 설탕 한 그릇을 조선 왕실에 선물하다.'라는 기록이 있다. 이를 보면 얼마나 귀한 것이었는지 짐작케 한다.

세종이 몸져누운 소헌왕후에게 얼른 기운을 차리려면 무언가를 먹어야 하지 않겠냐며 먹고 싶은 것이 무엇인지 말해 보라고 했다. 이에 왕후는 물밖에 마시지 못하겠다며 달콤한 설탕 든 물을 먹고 싶다고 말했다. 왕은 전국 방방곡곡에 명을 내려 설탕을 구했지만 금덩이를 줘도 구할 수 없다는 상인의 말이 되돌아왔다. 왕후는 끝내 소원을 이루지 못하고 세상을 떠났다. 세종이 눈물을 흘리며 미안하다 말했다는 기록이 『문종실록』에 전해져 온다.

설탕은 한때 상류층에서나 먹을 수 있는 식재료로, 문명화와 경제력을 과시하는 물품이었다. 생활필수품이 된 시기는 1960년대 이후였다. 조선에서는 당시 설탕이 생산되지 않아 모두 수입에 의존했다. 가끔 중국에서 조공에 대한 답례품으로 보내거나 일본에서 조공으로 바치는 것이 대부분이었다. 너무 귀해 식재료보다 약재료로 쓰이는 경우가 많았다.

박물관에서 만난 '단짠단짠' 전시회는 무심코 식재료로 사용했던 소금과 설탕에 대해 다시 생각해 보는 계기가 되었다. 이제는 간편하게 구입할 수 있어 소중하게 생각하는 사람이 많지 않지만 그 가치만은 영원히 변하지 않을 것이다. 오랜만에 시간여행을 떠났다 돌아온 내 몸에서 달콤짭짜름한 맛이 난다.

박물관을 읽다 2
_국립경주박물관

천년의 미소가 그윽하게 나를 쳐다본다. 이마와 두 눈, 오뚝한 코, 뺨의 턱선이 서로 조화를 이루고 있어 볼수록 편안하다. 가만히 안아줄 것 같은 표정에 얼굴무늬수막새 앞을 오랫동안 떠나지 못한다.

경주에 위치한 국립경주박물관은 신라시대의 문화유산을 한눈에 볼 수 있는 곳이다. 유네스코가 지정한 세계문화유산인 경주역사유적지구 내에 있으며, 궁궐터인 월성과 월지, 능묘가 밀집된 대릉원, 대가람이었던 황룡사터와 가깝다. 신라역사관, 신라미술관, 월지관으로 이루어진 상설전시관과 특별전시관, 옥외전시장과 수장고가 있다.

신라역사관은 천년왕국 신라의 모든 것을 만날 수 있는 전시관이다. 지배자를 중심으로 고대 국가의 틀을 갖추기 시작한 마립간기의 장신구들과 그릇, 권력의 상징이었던 금으로 된 출토물이 전시되어 있다. 또한 확장기의 비석들과 불교와 관련된 순교비, 신라 풍속을 알 수 있는 보물을 많이 만나볼 수 있다.

'얼굴무늬수막새' 또는 '인면문수막새'는 역사관에 전시된 유물 중 단연 으뜸의 볼거리다. 수막새는 목조건물의 처마 끝에 있는 무늬 기와로, 영묘사의 한 건물에 장식되었던 것이라고 한다. 오른쪽 하단 일부가 떨어져 나갔지만 푸근한 미소가 인상적이어서 '신라의 미소' 혹은 '천년의 미소'로 상징되고 있다. 둥근 수막새는 통상 연꽃무늬로 장식하는 것이 보통인데 사람 얼굴을 넣은 것이 특이하다. 신라인의 소박하면서도 인간적인 모습을 담아낸 작품으로 당시 우수한 와당 기술이 집약된 대표작으로 평가받는다.

신라의 미소는 황룡사터에서 출토된 치미에서도 확인된다. 치미는 고대 목조건축에서 용마루의 양 끝에 높게 부착하던 장식기와이다. 어지간한 어른 키보다 커서 우선 그 크기에 압도당한다. 두 부분으로 나누어 구웠으며, 몸통 양

측면과 뒷면에 연꽃무늬와 얼굴 무늬를 별도로 찍어 번갈아 끼워 넣었다. 웃고 있는 무늬의 수염이 있는 남자 얼굴과 수염이 없는 여자 얼굴에서 당시 신라인들의 모습을 상상할 수 있다.

신라미술관은 당시의 찬란한 미술 문화와 역사를 볼 수 있는 곳이다. 신라 불교 조각의 아름다움과 시각적 다채로움이 역사와 전설, 정토라는 개념에서 펼쳐지도록 구성했다. 불교의 힘으로 나라를 지킨다는 믿음, 신라 사람들의 삶 속으로 들어와 위안을 주었던 다양한 설화가 희망의 메시지를 전한다.

『삼국유사』에는 '절이 별처럼 많아 탑이 기러기처럼 늘어서 있었다.'라고 전해진다. 이 기록을 보면 당시 얼마나 많은 사찰과 탑이 있었는지를 짐작할 수 있다. 신라 최초 사찰인 흥륜사부터 황룡사 9층 목탑과 분황사 모전석탑에서 발견된 다종다양한 사리기와, 공양품 등을 한자리에 모아놓았다.

월지관은 경주 동궁과 월지에서 발견된 통일신라시대 문화재를 볼 수 있는 곳이다. 주제별로 전시되어 쉽게 이해할 수 있다. 월지는 동궁 안에 있던 인공 연못이다. 조선시대 이래 안압지로 불렸으나 신라 사람들은 월지라고 했다. 문무왕 14년 '궁 안에 못을 파고 산을 만들어 화초를 심고, 진귀한 새와 짐승을 길렀다.'는 기록이 있어 이때 건립된 것으로 추정된다. 신라 왕실과 귀족의 화려한 생활상을 엿볼 수 있는 전시관이다.

범종과 석탑, 석불, 석등 등 다양한 석조품이 전시되어 있는 옥외전시장은 경주박물관에 들어서면서부터 이어진다. 오른쪽을 보면 유명한 국보인 선덕대왕 신종이 보인다. 일명 에밀레종으로 불리며 강원도 오대산 상원사동종과 함께 통일신라시대 동종을 대표한다. 지금은 타종 소리를 녹음으로만 들을 수 있다. 조금 더 걸어가다 보면 야외에 전시된 고선사터 삼층석탑을 만나게 된다.

안쪽으로 한참을 걷다 보면 다리가 보인다. 또 다른 세계로 연결하는 것처럼 느껴지는 교량을 지나자 신라 천년의 보고 '수장고'가 반긴다. 전시관에 옮겨지기 전의 유물을 보관하는 곳으로 경상도 지역에서 발굴된 문화재를 안전하고 효율적으로 보관하기 위해 지은 전용 보관 시설이다. 아직 이름이 붙여지지 않아 번호로만 적혀져 있다.

천천히 관람하다 보니 어느새 한나절이 지났다. 보고 또

봐도 다시 보고 싶은 경주박물관의 매력은, 아마 천년의 시간이 오롯이 전시되어 있기 때문이리라. 머지않은 날에 다시 찾아오리라 생각하며 정문을 나선다. 멀리 신라의 마을이 고즈넉하다.

박물관을 읽다 3

_울산암각화박물관

　암각화 그림들이 실물인 듯 살아 움직인다. 사람이며 고래, 호랑이, 여우, 늑대가 금방이라도 바위 밖으로 뛰쳐나올 것 같다. 아득한 선사시대가 장엄하게 펼쳐지는 그 속으로 나도 모르게 빨려 들어간다.

　울산암각화박물관은 울산광역시 울주군 두동면 천전리 대곡천변 반구교 입구에 위치하고 있다. 국보 제285호인 울산반구대암각화와 국보 제147호 울주천전리각석을 널리 알리고, 국내 암각화 연구를 발전시키기 위해 설립된 전문 박물관이다. 2008년 암각화전시관에서 2010년 지금의 명칭으로 변경되었다. 향고래를 형상화한 목조건물의 외관이 독특하다.

　1층은 반구대암각화와 천전리각석의 실물모형이 자리 잡고 있다. 또한 암각화 유적을 소개하는 입체적 영상시설과 선사시대 사람들의 생활을 이해할 수 있는 각종 모형물, 사진 등이 전시되어 관람객들의 눈길을 끈다. 2층은 어린이들을 위한 체험 교실로 암각화 모형을 붙이거나 귀를 대면 소리를 들을 수 있게 하는 등 흥미를 유발시키는 놀이가 많다.

　'바위그림'이라고도 불리는 암각화는 바위 위에 다양한 방법으로 표현한 그림을 아울러 부르는 용어인데 암각화岩刻畵와 암채화岩彩畵를 모두 포함하고 있다. 엄밀하게는 바위에 새겨진 그림을 암각화, 채색한 그림을 암채화라고 한다.

　반구대암각화는 실물을 그대로 옮겨놓은 듯한 크기의 바위에 갖가지 그림들을 그대로 재현해놓았다. 높이 4m, 너비 10m의 'ㄱ'자 모양으로 꺾인 절벽 암반에 육지 동물과 바닷고기, 사냥하는 장면 등의 그림이 새겨져 있다. 발견 초기에는 약 300개가 확인되었다고 하는데, 수십 년 동안 침수로 인한 훼손으로 그 개수가 많이 줄어들었다.

　육지 동물은 호랑이, 멧돼지, 사슴 등이 그려져 있다. 호랑이는 함정에 빠졌거나 새끼를 밴 모습으로, 멧돼지는 교미하는 장면을, 사슴은 새끼를 거느리거나 밴 것으로 표현하였다. 바다 동물은 작살 맞은 고래, 새끼를 배거나 데리고 다니는 고래가 보이며, 탈을 쓴 무당, 짐승을 사냥하는 사냥꾼, 배를 타고 고래를 잡는 어부, 그물이나 배 등 여러 가지다.

반구대암각화는 조각기로 쪼아 윤곽선을 만들거나 전체를 떼어낸 기법, 쪼아낸 윤곽선을 갈아내는 등의 방법을 사용했다. 선과 점을 이용하여 동물과 사냥 장면을 생동감 있게 표현하고 사물의 특징을 실감나게 묘사한 '사냥미술'인 동시에 '종교미술'로 평가받는다. 학계에서는 신석기 말에서 청동기시대에 제작되었을 것으로 추정하고 있다. 선사인들은 이렇듯 바위에 그림을 새김으로써 풍성한 사냥감 및 사냥 활동이 원활하게 이루어지길 기원한 것으로 보인다.

반대편으로 걸어가면 1973년 국보로 지정된 울주천전리각석이 있다. 경관이 빼어나 예로부터 명승지로 이름난 곳이기도 하다. 각석 암반 하부에 새겨진 다량의 명문 때문에 서석書石으로 더 알려졌다. 최근에는 '울주천전리명문과 암각화'라고 바꾸어 부르기도 한다.

평평한 바위가 비스듬하게 기울어진 채 서 있는 천전리 각석에는 옛 신라인들의 흔적을 발견할 수 있다. 당대 다양한 사람들이 이곳을 다녀가면서 자신의 흔적을 남겨 놓았다. 대체로 6세기부터 9세기 무렵에 걸쳐 작성된 것으로, 왕족을 비롯한 고위 신분을 가진 사람들이나 승려, 화랑들의 이름이 등장한다. 특정한 어느 시기에 그려진 것이 아닌, 수백 년 또는 그보다 더 오랜 시간 동안 만들어진 것으로 매우 특별하다. 각종 명문과 그림들을 통해 우리 조상들의 생활상과 사회의 모습을 추측할 수 있다는 점에서 중요한 역사적 가치로 인정받는다.

　아득한 시대에 살았던 조상들을 생각한다. 어떻게든 자신들의 삶을 표현하고 싶은 욕구는 그때나 지금이나 다를 바 없다. 그런 행위를 통해 이루고자 했던 것은 인간의 행복과 안녕이었으리라. 햇살 좋은 날, 실제의 반구대암각화를 만나러 가리라 다짐하며 박물관을 나선다.

박물관을 읽다 4
_장생포고래박물관

　푸른 고래 두 마리가 흰 벽을 헤엄치고 있다. 새끼와 어미는 금방이라도 로고 밖으로 나올 것 같다. 쪽빛 동해 바다와 아름다운 해안을 배경으로 한 고래박물관에 서면, 마치 바다 속에 있는 것처럼 느껴진다.

　2005년 설립된 국내 유일의 고래박물관인 장생포고래박물관은 옛 고래잡이 전진기지였던 장생포에 위치해 있다. 이곳에서는 1986년 포경이 금지된 이후 사라져가는 포경 유물을 수집, 보존, 전시하고 고래와 관련된 각종 정보를 제공한다. 2008년 인근 일대가 고래문화특구로 지정되면서 관광지로 더 크게 발전했다. 이후 2009년 고래생태체험관을 만들어 돌고래 보호에도 특별한 관심을 기울이고 있다.

고래박물관은 크게 제1전시관인 '포경역사관', 제2전시관인 '귀신고래관'과 '고래해체장복원관', 제3전시관인 '어린이체험관'과 '자료실과 영상실'로 구성된다. 그리고 야외에는 포경선 한 척을 전시중이다.

장생포의 고래잡이 역사는 1891년 러시아 황태자 니콜라이 2세가 '태평양어업주식회사'를 설립한 것이 그 시초다. 이후 러·일 전쟁에서 승리한 일본이 포경업을 독점하면서 중심지가 되었다. 광복이 되자 일본인에 의해 운영되던 회사를 우리나라 사람들이 전액 공동 출자해 '조선포경주식회사'를 설립하였다. 1970년대 말 고래잡이가 전성기를 이룬 시기, 장생포는 20여 척의 포경선과 1만여 명의 인구가 상주하는 큰 마을이었다. 하지만 1980년대 고래 포획이 금지되면서 주민 감소로 점차 쇠퇴해 갔다.

물고기처럼 유선형의 몸체를 가진 수중생물이면서 폐호흡을 하는 포유동물인 고래는 전 세계적으로 90여 종이 있다고 한다. 국내 연안에서 발견된 것은 35종에 이르며, 그중에서도 자주 발견되는 밍크고래, 참돌고래, 상괭이, 낫돌고래, 남방큰돌고래 등을 주요 5종으로 분류해 연구하고 있다.

밍크고래는 그중 유일하게 수염고래이며 이빨이 없다. 참돌고래는 떼를 지어 헤엄치고 다니며, 웃는 듯한 얼굴로 잘 알려진 상괭이는 우리나라 토종 돌고래이다. 등지느러미가 낫의 날처럼 생긴 낫돌고래, 불법 포획으로 수족관 생활을 하다가 제주 바다로 돌아간 '제돌이'를 통해 널리 알려진 남방큰돌고래가 있다. 고래는 수심이 얕은 연안에서 무리 지어 서식하는 특성 때문에 해안가에서도 흔히 발견된다.

다니엘 포비노의 『고래사냥의 역사, 2006』에 보면 '초기 선사시대 고래사냥과 관련된 가장 오래된 증거는 아시아에 있다. 한반도 남동쪽에 위치한 반구대 신석기 유적에서는 여러 마리의 고래, 특히 대형고래들과 기원전 5,000년에서 3,000년 전 신석기시대 사람들이 해안에서 고래를 사냥한 것으로 생각할 수 있는 그림이 있다.'고 기술되어 있다.

2층은 실제 포경선의 내부를 그대로 보여준다. 연근해에서 조업하던 포경선 진양 5호를 부분 복원하여 전시해놓았는데, 고래 작업을 하던 선원들의 다양한 모습을 만나볼 수 있는 곳이다.

3층에 가면 귀신고래에 대해 자세히 알 수 있다. 아이들이 실제 체험할 수 있는 전시장으로, 고래 성장 과정, 뼈, 작살과 수염은 물론, 실제 모습의 뼈를 체감할 수 있게 해놓았다. 그리고 고래와 관련된 질문에 대답하는 퀴즈 코너도 있어 관람객들의 흥미를 유발시킨다.

영화 〈인디아나 존스〉의 모델로도 유명한 앤드류스는 귀신고래의 생태를 확인하기 위해 장생포를 방문해 영상으로 남겼다. 그가 미국에 보낸 고래의 골격은 뉴욕과 워싱턴의 자연사박물관에 각각 있다고 한다. 1962년 지정된 회유해면은 동해안 연해 지역의 천연기념물인 귀신고래 회유지이다. 장생포와 죽도에 '울산극경회유해면'이라고 새긴 기념비가 세워졌는데, 문화재청은 한자어로 '극경'을 쉽게 풀어서 '울산 귀신고래 회유해면'으로 정했다.

박물관 야외 광장 중앙에는 과거에 포경선으로 사용했던 선박이 전시되어 있으며, 조금 더 걸어가면 별관인 고래생태체험관이 있다. 1층과 2층으로 나뉘어져 있는데, 1층은 수족관 형태와 수저터널 형태로 바다 속에 있는 듯한 느낌이 들게 한다. 2층에는 큰돌고래 4마리를 사육하며 하루에 두세 번씩 사육사와 교감하는 모습을 관람할 수 있다.

4D 영상관에서 과거 장생포의 모습을 미니어처로 만든

영상을 보고 나서 옥외 전망대로 나가니 탁 트인 해안풍경이 전개된다. 저 멀리 수평선을 바라보면 금방이라도 고래 떼가 푸우푸우 헤엄쳐올 것 같다. 나는 가만히 70년대의 노래 한 소절을 읊어본다.

'자 떠나자 동해 바다로 신화처럼 숨을 쉬는 고래 찾으러.'

박물관을 읽다 5
_울주민속박물관

　외고산 옹기마을에 위치한 울주민속박물관은 각종 푸성귀가 담긴 둥근 소쿠리 모양이다. 박물관 입구에는 연자방아가 있어 시골집을 찾은 듯 반가움이 앞선다. 문을 열고 들어서면 금방이라도 할머니가 버선발로 마중 나올 것 같다.

　'울주 사람들과 세상을 잇는 가교'라는 슬로건으로 2001년 온양초등학교 삼광분교에 울주향토사료관으로 처음 개관한 후, 2013년 울주민속박물관으로 개칭, 울주민속어린이박물관까지 개관하였다. 울주지역의 민속 생활을 잘 보존, 전시하고 있는 이곳은 과거와 현재의 문화적 가치를 상세하게 살펴볼 수 있다. 또한 현지 학술조사를 바탕으로 한 전시와 교육을 통해 특별한 문화 콘텐츠로서의 역할을 담당한다.

1층은 상설전시실이다. 울주의 농경, 어업과 문화, 전통 공예품과 민속놀이 등 전통 오일장에 대해 소개하면서, 실물 크기로 만들어놓은 생선과 채소 등을 바구니에 담는 장보기 체험을 할 수 있다. 그 옆에는 전통 혼례 포토존이 있어 가족이 함께 고유의 한복을 입고 사진을 찍을 수 있도록 만들어놓았다. 발품을 팔다 지치면 미니 북카페에 가서 책을 읽으며 잠시 쉬어가도 된다.

길게 이어진 복도에는 우리 조상들의 삶과 사랑이 담긴 사진이 전시되어 있다. 아기를 업고 있는 단발머리 소녀, 졸업사진, 수학여행 사진 등이 잊고 있던 추억을 불러온다. 울주군 온산면에서 행하던 전통 멸치잡이 방법인 '멸치후리 그물당기기'를 재현한 영상은 특별한 볼거리다. 전통 어법 중의 하나인 '후리'는 모래밭이 발달한 바닷가에서 마을 사람들이 힘을 합하여 그물을 당겨 고기를 잡는 방법이다.

2층은 어린이 박물관이다. 내부에는 기획전시실이 있는데, 지금은 '울주 마을을 보살피는 '골맥이 할배·할매'를 주제로 전시중이다. 골맥이는 마을 수호신이다. 음력 정월

열나흘 자정 무렵, 울주에서는 한 해 동안 마을의 평안과 풍년을 기원하는 소지를 '골맥이'에게 올린다. 고을이나 혹은 동네를 보호하는 인물로 신령이라는 뜻도 된다고 한다. 이곳 사람들은 골맥이를 보통 '골맥이 할배·할매'라고 부른다. 한 집안의 가장 어른인 할아버지와 할머니처럼 마을의 가장 큰 어르신을 지칭하는 것 같다. 골맥이의 정의와 어원, 특징을 자세히 알 수 있어 흥미로우며, 비록 작은 공간이지만 세밀하고 압축적인 전시를 하고 있어 관람객들의 집중도를 높여준다.

2층 안쪽으로 가면 '영등할만네'에 대한 자세한 내용과 직접 주민들이 말을 해주는 곳이 있다. 정말 흥미로운 공간이었다. 영등할만네는 누구일까? 하는 생각에 자세히 들여다보게 된다.

해마다 음력 2월이면 하늘에서 지상으로 방문하는 영등할만네는 풍년이 들도록 도와주고, 가정을 지켜준다. 그러나 성격이 까다롭고 변덕이 심하며 심술 맞고 삐치기 쉬운 영등할만네라는 소개 글 옆에는 단아한 모습의 할머니가 그려져 있다. 다면 영상 실감 체험을 할 수 있는 코너 '우리네 바람 이야기'를 보며 영등할만네 이야기와 울주 사계절의 바람을 함께 느껴볼 수 있다. 할머니에게 제물로 상차림을 해보는 체험 코너에서는 전통적인 방법인 소지로 소원을 빌며 마음속의 바램을 올려본다.

박물관 야외에는 널뛰기, 제기차기, 딱지치기, 미니 양궁, 윷놀이 등 다양한 전통놀이가 준비되어 있어 아이들은 물론이고 어른들도 추억을 떠올리며 함께 즐길 수 있다.

민속박물관에서 조금만 더 걸어가면 옹기박물관이 있다. 갖가지 크기의 옹기들을 보면 왠지 정겨운 느낌이 든다. 일상생활에서 쓰였던 옹기와 술을 담았던 옹기가 다르다는 걸 알 수 있었으며, 사후에 쓰였던 옹관묘를 유리벽 아래 두어 전시해놓은 곳에선 숙연한 마음이 들었다.

옹기는 기후와 지형적 차이에 의해 몸통의 모양이 달라지고, 태토와 유약의 성질에 따라 색이 달라진다고 한다. 흙을 닮은 황토빛 색감과 여러 가지의 모양으로 장식된 문양에서 고유한 아름다움을 느껴볼 수 있다.

외고산의 옹기는 1958년 허덕만 장인이 옹기점을 운영하는 것을 시작으로 옹기를 만드는 이들이 모여 마을이 형성되었다. 한때 전국 생산량의 70%를 차지했을 정도라고 하니 자부심이 강할 만하다. 지금도 옹기마을의 장인들은 옛 전통을 지키면서도 다른 지역과 차별되는 옹기를 제작하고자 노력하고 있다.

울주군 민속마을에서 옹기박물관으로 걸어가는 곳곳에 보이는 풍경들이 따뜻하다. 마치 아늑한 고향의 품에 안긴 것 같아 마음이 푸근해진다.

박물관을 읽다 6
_방어진역사관

　좁은 골목길을 걷다 보면 턱, 오래된 건물 하나가 나타난다. 대문도 없이 문패만 덩그러니 걸려 있는 이곳은 방어진역사관이다. 방파제 모양의 굵은 선 안에 등대가 서 있는 형태의 로고는 이곳의 역사를 잘 말해준다. 친구와 나는 고개를 숙인 채 낮은 천정의 전시관 안으로 들어간다.

　역사관은 1전시관과 2전시관 그리고 영상관으로 구성되어 있다. 방어진의 과거와 현재를 마주할 수 있는 전시공간으로, 2021년 4월 박물관으로 개관했으며 2024년 새롭게 정비하면서 역사관으로 명칭이 바뀌었다. 우리나라 동해안 최초의 항구인 방어진항과 이곳의 경제 발전사, 지역주민들 삶의 모습이 담긴 역사적 사료를 만날 수 있는, 작지만 의미 있는 공간이다.

방어진은 고려시대부터 '방어진防禦鎭'으로 불렸다. 1469년 『경상도속찬지리지』 울산군편에 '방어진魴魚津 목장에는 말이 360필, 목장의 둘레는 47리'라고 기록되어 있다. 이것이 방어진에 대한 첫 기록이다. 김정호의 〈대동여지도〉에도 방어진魴魚津으로 표기되어 있다. 이는 조선시대 물고기인 방어魴魚가 많이 잡힌 데서 유래된 것이라고 한다.

1전시관은 일제강점기 때 지어진 적산가옥을 동구청에서 매입하여 건립했다. 울산지역에선 흔하지 않은 이 오래된 건물엔 목조 가옥의 지붕과 계단, 문살 등이 그대로 보존되어 있다. 또한 당시의 생활상을 알 수 있는 흑백사진이 전시되어 있어 과거 호황기를 누렸던 어촌마을로 우리를 데려간다.

화폐 변천사를 한눈에 볼 수 있는 것도 특이하다. 조선은행에서 발행한 10원짜리 지폐와 100원 지폐, 그리고 거북선이 그려진 500원 지폐를 볼 수 있다. 전시되어 있는 오백 원 지폐에는 유명한 일화가 있다. 생전의 정주영 회장이 조선소 건립을 위해 영국에 자금을 유치하러 갔을 때, 거절을 당하게 되자 지갑 속 지폐를 꺼내어 거북선을 보여주었다. 그러면서 오래전부터 이런 훌륭한 배를 만들어온 민족이었다고 강조를 하자 지원금을 받을 수 있었다고 한다.

한쪽에는 시민들에게 기증받은 엽서와 사진으로 꾸며져 있는 공간이 있다. 방어진의 옛 일상들을 편안하게 만날 수 있는 곳이다. 재봉틀과 벽에 걸린 전화기가 낯설면서도 정겹다. 달력이나 수기로 적힌 통장, 방어진읍 직원 신분증과 월급명세서, 주판 그리고 우리나라 최초의 필터 담배인 아리랑 담배 등 1980년대까지의 모습을 볼 수 있어 흥미롭다. 외부 계단으로 연결된 영상관에서는 오랫동안 지역을 연구해 온 전문가들의 설명이 영상과 함께 곁들여진다.

2전시관으로 이어지는 계단을 올라가면 1950년대 개발되기 이전의 일산 해수욕장과 방어진항 과거의 모습이 설명과 함께 사진으로 전시되어 있다. 일제강점기와 근대, 현대 등 각 시대를 대표하는 울산 동구의 기록물과 관련 자료도 만날 수 있다. 일본인들이 말을 키우던 곳, 학교와 목욕탕 사진이 당시의 번창했던 모습을 보여준다.

일본인들은 1906년부터 이주어촌을 형성하였으며, 점차 거주자가 늘어남에 따라 상업도 발달하게 되었다. 여러 업

종의 장사꾼들이 모여들기 시작했고, 학교, 주재소, 소방소, 우편소, 금융기관 등의 공공시설도 들어섰다. 1921년경에는 조선인과 일본인 5,000여 명이 거주하는 신도시가 되었으며, 특히, 물고기가 많이 잡히는 시기가 되면 15,000명에 달하는 인파로 북적였다.

자연스럽게 편의시설도 생겨났다. 울산지역에서는 최초로 전기가 들어오고, 목욕탕, 극장이 생겼다. 근대적 방파제인 '방어진남방파제', 우리나라 최초의 조선소인 '방어진철공소'도 설립되었다. 러일전쟁 이후에는 군사적 요충지를 확보하기 위한 수단으로 '울기등대'가 세워졌다.

방어진박물관 1관과 2관 사이 골목에는 100년이 넘는 역사를 가진 울산 최초 대중목욕탕 '장수탕'이 있다. 1915년 방어진에 설립된 수산회사 하야시카네의 직원 전용 목욕탕으로 처음 문을 연 후, 지금까지도 영업을 하고 있다. 다만 남성 목욕탕은 없고 여자들만 사용할 수 있다고 한다.

2002년, 방어진에 살았던 일본인들이 마을을 이룬 '비젠시(옛 하나세)'와 울산시 동구 간 한·일 문화교류가 성사되었다. 일제강점기라는 아픈 역사 속에서도 방어진이라는 한 공간에서 같이 살았던 인연을 바탕으로, 두 도시 간 아름다운 공존과 발전을 하자는 취지였다. 수십 명의 사람들이 이 곳으로 와서 자신들이 살던 곳을 돌아보고 후손들에게 그 당시를 회상시켜 주었다.

　내가 살고 있는 곳의 과거와 현재를 넘나들 수 있는 곳, 방어진역사관에서는 가능한 일이다. 전시관을 둘러보고 나오면 오래된 장수탕이 보이고, 옛 모습 그대로의 작은 상점이 반긴다. 부근의 슬도로 발길을 돌린다. 멀리, 작은 어선들이 묶여 있는 항구로 참방참방 푸른 방어 떼가 헤엄치는 소리가 들려온다.

박물관을 읽다 7

_대곡박물관

    대곡천에 비가 내린다. 세찬 장맛비가 내리는 날, 수몰된 마을을 품고 있는 대곡박물관을 찾았다. 대곡댐과 호수 바로 옆에 위치한 박물관 앞에 서면 수많은 이야기들이 빗방울 되어 흩어진다.

    울산대곡박물관은 울산 시민의 식수원 확보를 위한 대곡댐 건설 당시 문화재가 발굴되면서 건립되었다. 대곡천 유역의 댐 편입부지 발굴조사에서 삼정리 하삼정 고분군을 비롯하여 많은 유적이 확인되었으며, 1만 3천여 점의 유물이 출토되었다. 이러한 성과로 박물관 건립이 추진되어 2009년 개관하였다. 이곳은 또한 울산박물관의 분관이

기도 하다.

대곡박물관의 모양은 움집 모양이다. 발굴 유물에서 청동기시대 집터가 나와서 그런 형태가 되었다고 한다. 1층에는 기획전시실과 제1전시실이 있다. 2층에는 제2전시실과 제3전시실, 그리고 시청각실이 위치하고 있다.

제1전시실은 언양문화권을 중심으로 하는 서부 울산지역의 역사문화를 전시해놓았다. 대곡천 유역의 구곡문화와 불교문화 자료가 함께 어울려 독특한 문화를 형성한 것을 알 수 있다. 전시실 입구, 투명판 아래에는 수몰되기 전의 마을을 축소판으로 재현했다. 댐을 건설하면서 여러 마을이 물에 잠기게 되었는데, 당시 구석골, 방리, 하삼정, 상삼정, 양수정 마을 등에는 170세대 421명이 살았다고 한다. 이어진 벽면에는 삶의 터전을 떠난 주민들이 고향을 그리워하는 영상이 상영되고 있었다.

대곡천 유역의 '구곡문화'는 성리학을 집대성한 주자가 중국 복건성 무이산 아홉 구비의 절경을 이루는 곳에 구곡을 정하고 무이정사를 지어 학문과 교육활동을 했던 데서 유래되었다. 퇴계 이황과 율곡 이이의 학맥을 이은 학자들을 중심으로 각각 자신의 은거지에 구곡을 경영하고 구곡시가를 지으면서 구곡문화를 향유하는 풍조를 이루었다. 대곡천 유역에는 세 개의 구곡이 있음이 밝혀졌다. 최남복의 「백견 구곡」과 송찬규의 「반계 구곡」, 그리고 이름이 밝혀지지 않은 또 하나의 구곡이 그것이다.

대곡댐 건설로 이 일대가 수몰되면서 '녹문鹿門'이라 쓰인 바위를 떼어 옮겨 전시해 놓았다. 녹문은 중국 호북성 양양에 있는 산 이름이다. 후한 때 방덕이 녹문산에 은거한 이후부터 은둔의 성지가 되었다고 한다. 대곡천 유역 방리에 백련정을 건립한 최남복이 사자목이라 불렀던 그곳을 녹문이라 고치고 바위 면에 새겼던 것이라 전해진다.

제1전시실 천정에 설치되어 있는 오리 조형물은 대곡댐 편입부지에서 출토된 오리 모양의 토기를 현대적으로 형상화한 것이다. 역사성을 잘 표현한 작품으로 전시공간을 더욱 풍성하게 해주는 역할을 하고 있다.

제2전시실은 '대곡천 유역의 생산과 유통' 및 산업수도 울산을 이해하는 데 중요한 자료들을 모아놓았다. 철과 도자기, 숯 그리고 기와 등 다양한 재료의 생산지였던 대곡천 유역의 문화를 자세하게 알 수 있다. 숯가마와 제련로, 분청사기 가마 유적 등을 통해 당시의 생산 활동을 들여다볼 수 있도록 해놓았다.

제3전시실은 '대곡천 유역의 고분과 사람들'이 주제인 공간이다. 하삼정고분군 무덤에서 신라시대까지의 고분 변천사와 출토유물을 만날 수 있다. 서부권 역사문화를 연구하고 전시하며 다양한 프로그램을 개발하였으며, 울산시와는 문화적배경과 역사가 다름을 알려준다.

기획전시실에서는 '새록새록 울산'을 주제로 한 특별전이 진행 중이다. 유물 속의 백로, 까마귀, 학, 봉황, 오리, 기러기들과 함께 떠나는 울산 여행이 테마다. 어린이들에게는 계절 따라 울산을 찾아오는 새들과 여행을 하면서 즐기는 유익한 시간이 될 것이다.

야외전시장에는 하삼정고분군의 무덤 중에서 돌덧널무덤과 돌방무덤 등 보존 상태가 좋은 무덤 여덟 기가 복원되어 전시되고 있다. 또한 두동면 방리 마을에서 옮겨온 '쇠부리 제철로 1기'는 돌과 흙을 이용하여 둑을 쌓아 올렸고, 뒤쪽을 보면 바람을 불어넣는 시설인 풀무가 있다.

울산광역시의 역사와 문화를 체계적으로 이해하기 위해서는 서부 울산 지역사에 대한 관심이 필요하다. 이러한 실정에 따라 박물관이 부족한 울산에 세워진 첫 번째 공립박물관인 대곡박물관은 이곳 지역의 특징을 잘 이해할 수 있는 공간으로 그 의의가 있다 하겠다.

빗줄기가 잦아들었다. 움막을 나오면서 우산을 거둔다. 아득한 옛날 사람들의 수군거림이 한층 짙어진 녹음 속에서 들려오는 것 같다. 그들의 이야기에 잠시 귀를 기울여본다.

박물관을 읽다 8

_울산해양박물관

    커다란 조개가 활짝 웃으며 맞이한다. 박물관 안으로 들어서자마자 바다냄새가 난다. 입장하기 전 나눠준 자그마한 범고둥을 하나씩 들고 바다 속으로 들어가 본다.

    울산해양박물관은 간절곶에 위치한 울산 최초의 사립박물관이다. 설립 관장이 지난 49년 동안 6대륙 70여 개국에서 수집한 산호, 패류 및 해양 생태 자료들을 전시하고 있다. 수준 높은 전시와 해양 관련 교육을 유치하고 있으며 항상 새롭고 다양한 볼거리를 위해 노력하고 있다고 한다.

    해양은 지구 표면적의 70.8%를 차지한다. 북반구에서 해양은 60.6%, 육지는 39.4%의 넓이를 차지하는 반면, 남반구에서는 해양이 81%, 육지는 19%의 넓이를 가지고 있어 남반구의 해양 비율이 북반구에 비해 큰 편이다. 어류, 포유류, 갑각류, 연체동물, 산호, 해조류, 플랑크톤, 해양 미생물 등 수많은 해양 생물이 서식하고 있으며, 생태계 유지에 중요한 역할을 담당한다.

해양은 지구의 생명체와 기후에 큰 영향을 미친다. 심해부터 해안가까지 다양한 환경과 생물들이 공존하며, 식량, 에너지, 운송 수단 등으로 인간에게 많은 혜택을 제공하고 있다. 식물성 플랑크톤은 광합성을 통해 대기 중의 이산화탄소를 흡수하고 산소를 생산하여 지구의 대기조성을 안정화시켜 준다. 또한 해류는 열과 염분을 균등하게 분포시켜 열 흡수와 저장을 통해 기후 변화의 완화에 기여한다.

울산해양박물관은 실제 해양 생물을 보고, 듣고, 직접 만져보며 모든 연령층이 오감으로 느끼며 체험하는 박물관이다. 구간마다 바다 속 세상을 추억으로 남길 수 있는 포토존은 덤으로 즐길 수 있다. 세계 희귀 해양 생태 자료들의 전시를 통해 관람객들에게 해양 생물의 다양성을 체험할 수 있게 함과 동시에, 점점 황폐화 되어 가는 해양 환경의 중요성을 다시 한 번 일깨워줄 수 있는 교육 공간으로서의 기능을 다한다.

　전시관 1층은 세계 각국에서 수집한 희귀 패류와 어류 박제품 등의 해양 생태 자원들을 전시하고 있다. 해저 깊은 곳에 사는 관벌레를 비롯해 가공하기 전 자연 상태의 진주와 하트 조개, 청자고둥, 바다뱀, 바다거북과 다양한 상어 박제품 등 약 1,000여 점이 전시되어 관람객의 눈길을 사로잡는다.

　2층은 세계 희귀 산호 전시실로 구성되어 있다. 약 300년 수령의 테이블 산호를 비롯해 나팔산호, 맨드라미산호 등 500여 점을 관찰할 수 있다. 산호는 강장과 입을 가진 작은 개체인 산호충들이 모여 있는 군체로 자포동물로 분류된다. 입 주변에 있는 수없이 많은 촉수를 이용하여 동물성 플랑크톤을 잡아먹는데, 이들 촉수를 폴립polyp이라고 부른다. 폴립에 붙어 있는 촉수의 개수에 따라 크게 육방산호와 팔방산호로 분류된다. 전 세계 바다에 분포하는 2,500여 종의 산호들은 폴립의 성질에 따라 다양한 모양과 색을 지니고 있다. 바다의 숲이라 불리는 산호는 생물의 다양성을 지원하고 해안선을 보호하는 역할도 한다.

　현재 해양은 산업화와 무분별한 개발로 인해 심각한 문

제에 직면해 있다. 지구 온난화, 해양 오염, 과잉 어획, 해양 쓰레기 등의 인간 활동으로 끊임없이 위협을 받는다. 이는 생물 다양성 감소, 해수면 상승과 같은 글로벌 문제를 야기할 수 있다. 이에 대응책으로는 지속 가능한 어업관리, 해양 보호구역의 설정, 환경 교육 및 인식증진 등이 필요하며 국제적인 협력으로 해양 생태계의 보호와 복원이 이루어져야 할 것이다.

해양환경 보호를 위해서는 모두의 관심과 노력이 함께해야 가능하다. 정부와 기관뿐만 아니라 개인들도 참여하여 해양 환경을 보호하고, 지속 가능한 바다를 유지하려고 해야 한다.

국가나 단체가 아닌 개인이 사재를 털어서 운영하는 박물관이라 생각하니 새삼 경외감이 든다. 그만큼 해양에 대한 애정이 많기 때문일 것이다. 그에 비하면 나는 이제껏 무엇을 했는지 새삼 부끄러울 뿐이다. 이제부터라도 지구 환경을 위해 아주 작은 실천을 해야겠다고 생각하며 박물관을 나선다.

박물관을 읽다 9

　외계인이 만든 마을이 눈앞에 펼쳐진다. 지구인들에 의해 버려진 온갖 폐자재들을 재활용해 조성한 정크아트 Fe01박물관은, 금방이라도 살아 움직일 듯 섬세한 조형물들로 가득하다. 웹툰에서, 혹은 영화에서 본 친근한 모습으로 초대하는 그들의 세계로 들어가 본다.

　정크Junk는 쓸모없는 물건, 폐품, 쓰레기를 의미하는 단어이다. 현대사회에서 소비되고 버려지는 다양한 잡동사니를 소재로 제작한 미술 작품을 정크 아트Junk Art라고 한다. 물질문명이 발전할수록 증가하는 쓰레기에 대한 문제점을 보여주면서, 자원의 재활용을 고민하게 만드는 예술

활동이다. 추상표현주의에 대한 반작용으로 현대 도시의 부산물을 작품으로 표현하며 자본주의 사회를 비판하고 있다. 한편으로는, 자원 보존을 강조하는 의미로 우리가 일상생활에 사용했던 사물들을 활용함으로써 '녹색환경'의 개념을 강조한다.

우리나라 최대 공업도시인 울산에서 2022년 8월, 각종 산업폐품을 활용한 세계 최대 규모의 정크아트갤러리가 개관을 했다. 울산광역시 교육청이 문화예술 협력 기관, 울주군 진로직업체험센터 등의 교육기관과 협약을 하였다고 한다. 매주 금요일, 울산시티투어 버스가 운행되고 있어 아이들과 어른이 모두 즐겁게 관람할 수 있는 장소이기도 하다.

3,000평의 대지에 영화 스타워즈에 나오는 우주선 '밀레니엄 팔콘'을 본떠 정크아트의 전시장인 〈우주인 마을〉을 만들었다. 일체형 벽체에는 740점의 부조 형식 등 작가만의 정교하고 특별한 표현기법의 정크아트 조형 작품 약 1,200여 점이 전시되어 있다. 정크아트라는 자체가 생소하고 이색적으로 느껴졌지만, 직접 보면 우리 생활 가까이에서 볼 수 있는 재료들로 구성되어 있다.

박물관은 크고 작은 공룡들이 모여 있는 티라노 광장, 루따따 소원나무, 외계인 도서관, 외계인 파티장, 쥬라기 월드, 베트맨 카, 외계인 레스토랑, 상상 동물원, 타이거 로봇, 영화 캐릭터 존, 외계인 전투라는 각각의 이름으로 넓은 야외 공간에 설치되어 있다. 특히 입구에 있는 외계인의 전투를 형상화한 세계 최대 12.5m의 타이거로봇은 사람들의 발걸음을 붙잡는다.

루따따 소원나무 옆, 1층으로 된 작은 건물에서 체험 프로그램을 운영하고 있어 직접 정크 아트 작품 창작이 가능하다. 다양한 프로그램으로 아이들은 물론이고 성인까지도 참여할 수 있다. 또한 폐자재에 대한 새로운 인식도 가질 수 있어 더욱 의미가 있는 곳이다.

정크아트는 1950년대 산업화 이후 발생하는 산업 폐기물을 오브제로 활용하여, 새로운 성질의 예술작품으로 탄생시키는 현대미술의 한 장르이며 Eco아트라고도 한다. 울산광역시 울주군 서생면에 위치한 정크아트Fe01는 폐자동차, 오토바이의 폐부품을 업사이클 하고, 용접하는 앗상블라쥬 기법을 사용한 것이 특별한 점이라 할 수 있다.

존 체임벌린은 미국의 폐품 조각가로 부서진 자동차 부품을 이용한다. 색을 이용해 작품에 액센트를 주고, 산업용 재료 등으로 불안정하고도 순간적인 정연함을 통해 에너지가 분출되는 작업을 주로 했다. 금속, 나무, 타이어로 거대한 건축물을 만든 수베로Mark di Suvero는 크레인을 조각 작업에 사용한 최초의 예술가이다. 1950년대 후반 추상적 표현주의 시대에 등장한 가장 중요한 미국 예술가 중 한 명이다. 그는 건설 현장에서 일한 경험을 바탕으로 철거 작업에서 발생하는 목재와 금속을 작품에 통합하려는 시도를 했다.

매표소에서 이어진 1동은 3층 건물이다. 1층 실내전시장에는 아프리카 미술 작품 약 340여 점이 전시중이다. 아프리카 26개국 60여 개 부족의 사람들이 18세기에서 20세기까지 만들어 낸 작품들로, 자유분방하고 변화무쌍한 아프리카 조각의 진수를 경험해볼 수 있다. 각 지역의 특색 있는 팡Fang 마스크 시리즈와 축제나 의식, 행사에서 사용했던 화려하게 장식된 다양한 종류의 가면들, 부족장이 앉았던 자리, 동물을 포획할 때 사용했던 도구들, 발톱이 생생하게 박제된 사자의 모습 등은 낯설게 느껴졌다.

2동의 체험장에서는 미래 지구를 위한 업사이클 문화를 힝싱하고자 하는 취지로 만들어졌다. 이곳에시민 경험힐 수 있는 정크아트 작품 제작 프로그램은 전시와 연계하여 더욱 다양한 볼거리가 되어 준다. 볼트와 너트로 태권 로봇을 만들고, 철 폐부품 뼈대에 점토를 붙이고, 다양하게 채색하여 상상 캐릭터를 만들며, 키링과 자동차를 조립해 볼 수 있다.

작품의 크기에 압도당한 채, 미로 속에 갇혀 있었던 것처럼 생각되는 긴장감이 즐겁다. 전시장 가운데 위치한 카페 옥상에서 전체를 바라보면 탁 트인 공간에 거대한 우주선이 보이고 한눈에 전경이 들어온다.

외계인 루따따가 만든 첫 번째 행성 Fe01은 미래 지구의 환경을 다시 한 번 돌아보게 만든다. 지금 우리가 살고 있는 지구는 후대에게서 잠시 빌린 것이라는 말이 실감난다. 그렇다면 무엇보다 소중하게 다뤄야 하지 않겠는가. 외계인이 아닌, 우리 스스로가 자원과 환경을 보호하면서 녹색의 행성을 다음 세대에 물려주어야겠다.

박물관을 읽다 10

_현대자동차울산전시관·주연자동차박물관

현대자동차울산전시관

현대자동차 울산공장 헤리티지홀(현대자동차 울산전시관)은 울산 북구 양정동 문화회관 1층에 위치하고 있다. 편안한 공간의 쉼터에 앉아 여유롭게 커피 한 잔을 마시고 나서 천천히 전시관으로 들어간다.

현대자동차문화회관은 1991년에 개관했다. 지하 2층과 지상 5층의 건물로 직원과 가족 및 지역주민의 평생학습, 여가생활 선용의 공간으로 자리매김하고 있다. 은행, 카페 그리고 수영장 및 헬스장, 문화센터도 운영 중이다. 국내

자동차 업계를 이끌고 있는 세계적인 회사를 동네에 둔 주민들에게 이 전시관은, 기업을 이해하고 알아 가는 데 큰 도움이 된다.

1968년, 정주영 선대회장은 당시 염포지구라 불리는 양정동 700번지에 대한민국 최초의 자동차 조립공장인 현대자동차 울산공장을 짓기 위한 첫 삽을 떴다. 수많은 기술공의 꿈을 싣고 성장한 울산공장은 현대자동차뿐만 아니라 대한민국 자동차 산업의 역사와 궤를 같이한다. 50여 년이 넘은 지금, 현대자동차는 세계 자동차생산의 핵심 거점이자 단일 공장으로 최대의 규모를 자랑한다.

전시장에는 영국 포드사와의 첫 조립생산 차종인 '코티나'부터 시작하여 '포니', '아이오닉', 'GV' 시리즈 등 다양하게 전시되어 있다. 공장 건설을 시작한 지 6개월여 만인 1968년 11월, 울산공장에서 현대자동차의 첫 승용 모델 코티나 1호 차가 생산되었다. 도로 포장률이 높은 선진국 기준으로 개발된 이 차량은 비포장도로가 많은 한국에서 고장이 잦아 '멈췄다 하면 코티나'라는 조롱을 듣게 되었다. 이 사건을 통해 조립생산의 한계를 체감하고, 국내 실정에 맞는 차를 개발하기 위해 독자 기술 확보가 얼마나 중요한지를 깨닫게 되었다.

현대자동차는 독자 모델 개발과 양산을 위해 1973년부터 해외 협력사들과 차체 설계 용역 계약, 가솔린 엔진 및 변속기 플랫폼 제조기술 협조계약 등을 체결하게 된다. 그때의 문서와 디자인의 변화 과정 등이 오롯이 전시되어 있다. 또한 1975년 6월부터는 주조, 단조 공장을 시작으로 수입한 생산설비의 설치 작업에 돌입했으며, 당해 11월 엔진 공장을 마지막으로 기계 설치 작업을 마무리하였다. 그해 12월 1일 완성차 공장을 준공한 후 마침내 포니 1호차가 생산되었다.

각종 신차를 개발할 때마다 도안했던 다양한 설계도와 주행장에서의 실험 장면들은 미니어처로 만들어 재현해놓아 관람객들에게 생생하게 전달된다. 전시장 코너마다 설치된 오래된 텔레비전에서 그 시대를 이끌었던 직원들의 고군분투기를 들어볼 수 있다. 또한 사용했던 옷장이며 사물함 일기 등이 전시되어 더욱 실감이 난다.

주연자동차박물관

주연자동차박물관은 태화강역 앞에 소재하며 개인의 취미로 시작되어 사회에 환원된 것이나. 4층으로 되어 있는 이곳의 1층에는 미국의 오래된 자동차들이 전시되어 있고, 2층은 유럽, 3층은 국내, 4층은 기차와 비행기, 배 등의 다양한 프라모델을 볼 수 있다. 시승해 볼 수도 있어 흥미롭고, 포토라인이 있어 추억의 한순간을 만들기에 좋은 곳이다.

1층에는 마차를 대신한 최초의 현대식 자동차 '포드'가 전시되어 있다. 일반 노동자나 국민들이 구매할 수 있을 정도로 저렴해야 한다는 판매정책에 따라 1903년에 개발된 최초의 대량생산 자동차이다. 이후, 에어컨 및 난방, 환기 시스템을 도입하여 당시 자동차 산업에 새로운 장을 열었던 '내쉬 라파에트', 영화 〈레인맨〉에 등장했던 '뷰익 로드마스트', 엘비스 프레슬리가 즐겨 탔다고 하는, 무려 7m에 육박하는 최장 길이의 특대형 세단 '캐딜락 프리트우드' 등 미국의 자동차들과 관련된 에피소드를 함께 볼 수 있다.

2층으로 올라가면 영국에서 생산된 최초의 경차 '오스틴 7'이 입구에서 방문객을 반긴다. 영국 자동차들은 대부분

크고 값이 비쌌으나 오스틴7은 소형차 크기에 값도 저렴하여 서민들에게 인기가 좋았다고 한다. '피아트500 토폴리노'는 2인승 소형차로 이탈리아의 승용차 보급에 큰 역할을 했다. 생쥐를 의미하는 '토폴리노'의 애칭으로도 많이 불렸다. 1948년 2인승에서 4인승으로 바뀐 뒤 1955년 단종될 때까지 70만대에 이르는 생산을 통해 이탈리아의 국민차로 뿌리를 내렸다. 이 차는 20세기를 빛낸 100대의 명차에 뽑히기도 했다.

차량의 기능은 점점 진화하고 있다. 1960년대 이후 머리와 목을 받쳐주는 헤드레스트headrest가 개발된 것을 시작으로 안전, 편의장치는 끊임없이 더해졌다. 에어백, 자동충돌방지시스템, 음성인식기능, 내비게이션 탑재, 차간거리 유지, 크루즈 기능 등. 언젠가는 꿈의 자율주행이 이루어지리라고 생각된다.

옛날 교통수단이 없었던 때에는 소나 말이 그 기능을 대신했고, 이어 소달구지와 가마, 인력거를 거쳐 자동차에 이르게 되었다. 자동차의 발전은 곧 인류의 발전사라 해도 과언이 아니다. 이제는 집집마다 차량 한두 대씩을 보유하고 있으며 현대인의 삶에 필수품이 되어버렸다. 그런 만큼 그 중요도 또한 커져 사람들의 편리함을 넘어 환경을 고려하는 단계에 이르렀다. 내연기관에서 전기차, 수소차로 다변화되고 있는 자동차는 오늘도 인간과 공존하면서 더 나은 미래로 함께 달려간다.